온·오프는 로봇 명령어가 아니다

사이펀 현대시인선 24

온·오프는 로봇 명령어가 아니다

© 2024 이도화

초판인쇄 ┃ 2024년 8월 5일
초판발행 ┃ 2024년 8월 10일

기   획 ┃ 계간 '사이펀'
지 은 이 ┃ 이도화
펴 낸 이 ┃ 배재경
펴 낸 곳 ┃ 도서출판 작가마을
등   록 ┃ 제 2002-000012호
주   소 ┃ 부산시 중구 대청로141번길 3, 501호 (중앙동, 다온빌딩)
            서울시 도봉구 도당로 82 (방학동, 방학사진관 3층)
            T. 051)248-4145 F. 051)248-0723 E. seepoet@hanmail.net

ISBN 979 - 11 - 5606 - 261-5 03810 정가 12,000원

사이펀현대시인선 24

온·오프는 로봇 명령어가 아니다

이
도
화
시
집

도서출판
작가마을

지층 깊이 어둠에 뿌리 내렸나 보다

솟아올린 체리나무 가지에

마침내
핏빛 보석,

저녁놀에 여물었다

2024. 여름
이 도 화

이도화 시집

· 차례

siphon

2부 / 시골살이

이도화 시집

siphon

온·오프는 로봇 명령어가 아니다

4부 / 사람들

해설

사이펀
현대시인선
24

온·오프는 로봇 명령어가 아니다

이도화

1

/

공동선

느티나무 진단서

　－ 序詩

단풍 들자 시든 나뭇잎, 느티나무를 흔듭니다
털어내니 한 채 허공
나무초리 그물을 치고 바람을 켜잡니다

별의 마음 깜깜하여 우레 치던 별자리에
비바람이 붑니다
새들의 날갯짓에 실바람이 입니다

날아드는 비수 같고 아득한 화두 같아
바람의 물음이라면
잦아질듯 맴도는 저 소리는
느티나무 울음이겠습니까

잠긴 목청이 생각을 가려 어두울 때
산기슭 여명에 홰치는 소리 깁니다

탁발승 땅콩이

'땅콩이'는 주인들의 피치 못할 사정으로 기구하게 떠돌
뻔했다가
　이 집 뜰에 정착하여 살게 된 마당 고양이다

　일상의 궤도가 다르긴 해도
　집주인이 지구라면 땅콩이는 달처럼 주위를 돌며 움직
이는데
　두 궤도 사이 거리를 말없이 조율하는 쪽은
　언제나 땅콩이

　다가서면 철칙처럼 물러서는 거리 두기로
　땅콩이는 안고 안기는 품과는 멀어졌어도
　뜻밖의 선물을 얻게 되었다

　나비를 쫓으며 뛰어놀다 기둥을 긁어대고
　동네 고양이들과 어울리다 싸움박질도 더러 한다
　땅콩이에게는 집주인이 지어준 집 외에도
　스스로 정해둔 잠자리가 있고
　명상인 듯 백일몽인 듯 골라 앉아 즐기는 바위와
　햇볕과 바람도 따로 있다

　무엇보다 자유의 품위를 얻었으니

공양 때 누런 장삼을 걸치고
아침 탁발에 나서는 땅콩이는 흡사 남방의
소승불교 스님

말갛게 올려다보는 땅콩이 축복 어린 시선에
집주인은 벅차오르는 가슴을 여미고
찬불가를 부른다

"땅콩 스님, 공양 하입시더"

스캔들

　달에 관한 뜬소문이 사이버 공간에서 한동안 떠돌았다 부정적 여론에 밀려 마침내 포토라인에 서게 되었지만 수억 팔로워를 자랑하는 온·오프라인의 강자, 달은 세인들의 삐뚠 시선에도 불구하고 여유 있게 다가서려는 모습을 보여주었다

　회원의 면면을 살펴보면 해운대 달맞이고개와 모스타르 올드 브릿지의 연인들, 손바닥 만 한 창가로 달이 비추기를 기다리는 복역수들, 파키스탄 산악 보초병과 길거리 곳곳에 지쳐 있는 야간 운전자들과 과음한 술꾼들과 일없이 손님을 기다리는 대리기사들이며 달을 보면 소원부터 고하고 보는 모든 이들

　때론 외로운 밤길의 길동무이었다가 창만 열어놓으면 어느 집이든 따라 들어가 한 식구처럼 놀다 가기도 했다 달을 사기 목표물로 삼았던 범죄단의 임시 숙소에까지 따라가기도 했는데, 달은 등굣길 이곳저곳을 기웃거리느라 매일 같이 첫 교시 수업을 빼먹는 아이와도 같았다

　달은 사기꾼들이 자신을 방패로 내세워 불법을 저지르고 있는데도 묵인해 주었다는 혐의를 받고 있었다 달은 구태여 그들을 의심해야 할 이유가 없었다는 주장만 되풀

이할 뿐, 낮달의 증언은 희미하고 반달은 상현이었던지
하현이었던지 늘 분명하지 않았다

　새로 유행하던 '달의 몰락'은 랩으로 개사되었고 달의 행
방을 물으면 아이들은 가사에 나오는 길바닥 둥근 맨홀을
가리키곤 했다 재판부의 고심 어린 판결이 있고 난 뒤 자
숙 끝에 달이 다시 떠오른다는 날 종일 비가 내렸는데

　회원들과 시민들이 월출 시간에 맞춰 동쪽 하늘을 바라
보았다
　달은 떠오르지 않았다
　돌아서는 등 뒤로 한 아이가 등을 들고 외쳤다
　"달이다!"
　달은 행인들의 거리, 빗물 고인 웅덩이마다
　조용히 떠 있었다

팬데믹의 눈

나는 이 구역의 왕년 스타, 그대는 말이 많아 피곤한 술꾼, 내 눈에서 진실이 보이지 않는다고요 맨눈을 크게 뜨고 내 눈을 바라봐요

눈에 대해 말할 것 같으면, 홀로 생각에 잠겼다가 반짝이며 어울렸다가 그리움에 젖다가
때로 안개비에 장대비까지, 한 편의
모노드라마가 두 눈만 클로즈업시켜도 가능하지요
안 그래도 바쁜 눈이 팬데믹에 저 혼자 바쁩니다
우물에 갇힌 목소리가 들리는데 복화술이
마냥 즐겁기만 할까요
사람들은 눈부터 찾습니다

마스크에 싸인 입이 답답하게 지낼 것 같아
도와주라 부탁하면 코와 함께 뒷담화,
눈을 따돌리고 맙니다
가끔은 말 없는 귀 험담을 할 때도 있어요

팬데믹 시대, 마스크 착용으로 나서기 시작하다 덜컥
과부하에 걸려버린 것은 눈,
귀코입도 모두 지치고 말았으니
한 발짝씩 뒤로 물러나도록 해요

〉

눈부터 찾는다고 눈으로 말하려 들지 말아요
어려울수록 입이 또박또박 말하게 하고 눈이
장단을 맞춘다 생각해요
눈으로 들으려고도 하지 말아요
눈의 상대는 눈입니다 입과 귀를 대신할 눈은 없습니다

눈을 바라볼 때는 보이는 콧대에 멈추지 말고
보이지 않는 콧방울도 짚어 봐요
입술에서 멈추지 말고 입꼬리를 더듬어 눈꼬리를 향해
볼의 행방을 짐작해 봐요

개 꼬리로소이다

늘어져 있든 서 있든 개 꼬리는 개 대가리 반대편에 붙어
있다

큰형님의 구린 곳을 마지못해 가리거나 닦아주는 것으로
끝날 수도 있었을 것이다
그편이 낫지 않았을까, 도요토미 히데요시도
변소 지기에 머물렀다면
조선에까지 들어와 씻지 못할 무거운 죄는
짓지 않아도 되었을 것을

히데요시는 주군의 심기가 흡족하도록 달랑달랑
꼬리를 잘 흔들 줄 알았다
주군의 심기는 꼬리 끝에 예쁜 색색 리본으로 매여져 있
었고 사람들은 개 꼬리만 쳐다보게 되었다

나름 영악해서 대가리가 꼬리를 흔들려 할 때
꼬리 밑동을 꽉 부여잡고 어쩌나 한 번 버텨보기도 했다

꼬리가 꼼짝하지 않자 휘둥그레 놀란 대가리
눈을 까집고 보더니
둔한 머리를 흔들어보고 몸뚱이를
부르르 떨어보기도 하는데

〉

머리를 흔들면 꼬리가 흔들리는 것처럼
몸통을 움직여도 그렇게 보이는 때가 있었다
현실에 눌려 착각을 믿어보기로 하였으니
세뇌된 대로였다

개 지나간다 설렁설렁 개 지나간다
꼬리가 흔들리고 몸통이 흔들린다
멀쩡하던 사지가 흔들흔들, 컹컹 짖던 개 소리마저
낑낑

아, 어쩌나, 천하의 판도가 이미 바뀐걸

종점

   쪽방에 버려져 있던 한 청년의 고독사는 살이 녹아내리
고 흰 뼈대가 드러나서야 공기를 타고 주위에 알려졌다*

   고시촌 곳곳에서 발길을 감추기 시작한 낡은 후드 티의
형제들, 구부정해진 고독을 한 차례 더 꺾어 어둠 속에 밀
어 넣는다

   거미줄로 동여맨 반지하 칸막이 방에는
창이 있어도 새어 나올 빛이 없고
말끔히 빈 지갑에는 라면스프 봉지가 들어있다

   코끝에 감돌았을 한 모금의 숨,
좇아 까치발을 세우려 해도
방바닥은 쓰레기 늪, 푹푹
무릎까지 빠지고 있었을 것인데

   짧게 줄여 쓴 이력서와
고쳐 쓰다만 자소서가 꽂혀있는 책꽂이 위로는
고이 걸어둔 양복 한 벌,
시종 근엄한 표정으로 내려다보고 있었다

---

* KBS, 시사직격(2021. 5. 7), "2021 청년 고독사 보고서"에 따르면, 2020년 한
해 20대 청년의 고독사 사망자 수는 4,196명. 2013년에 비해 2.5배 증가한
수치.

수탉 노릇

수컷아, 벼슬 값도 못 하는 이 허풍선아
어딜 보나 예닐곱 마리 살진 암컷들, 엉덩이를 쳐들고
서성이는데, 모이통에 고개를 박고 딴청이나 부리다니

의뭉스럽던 네 아비, 보고 배우지도 못했느냐
낙엽 굴러가는 소리에도 달려오지 않더냐
낯선 것들이 무서워 슬슬 피하는 주제에
깃털 세워 달려드는 척이라도 하는 것은 네 아비
좋아하는 먹잇감을 찾으면 암탉부터 부르고
의심스러우면 쪼아보고 살핀 다음에야
넘겨주지 않더냐

이 무슨 낭패, 쫓는 놈이 있어야 쫓겨 도망치는 놈이 있
지 구구 모이나 쪼고 있는 시골 마을 닭장이
청정 산중 도량이 되었으니

걱정만 깊어져 가던 어느 날, 이건 무슨 사단인지
암탉들은 칠면조 소리를 내지르며 죽겠다고 난리인데
벌건 대낮에
독수리같이 큰 날개로 암컷을 다 덮으며
말을 몰고 내달리듯 달리는데 왕성한 수컷의 기세라니
나는 그만 기립 박수
브라보까지 외치고 말았다

꼬끼용 탈출기

　꼬끼용이 탈출했어요 청소 중에 열린 문틈을 박차고 나간 거예요 이모가 속살대기로는 합사할 때부터 불만이 많았다나 봐요 그래도 이모는 언젠가 영웅이 될 거라며 꼬끼용이 좋데요 나도 밤새 꼬끼용을 위해 기도할 거예요

　전날 충격이 컸던 탓일까요 주인은 닭장 문부터 열어젖힙니다 살아 있는 오월의 마당에 나갈 수 있었지요 싱싱한 것들로 배 불리고 봄 산책에 흙 목욕까지, 내 발로 돌아왔고 문이 닫히고 하루가 끝났으니 속박 속의 꿈, 자유인가요

　한 사흘 오전은 전날 오전과 다름없이 흘러갔습니다 오후에 모종의 유쾌한 일탈을 기대해보지만 다를 바 없습니다 하루 이틀은 좋았는데 사흘째가 되니 바깥에 나가지 않는 닭도 있습니다 담을 내용이 없는 자유는 빈둥대는 일일 뿐이에요

　날이 밝았는데 개미 한 마리 닭장에 얼씬하지 않습니다 다시 감금당한 거예요 우리가 시큰둥해 보였을까요 눈치 빠른 주인이 모른 척하나요 젊은 측에서 반발이 있지만 그들은 꼬끼용이 아닙니다 주인의 기분에 달린 마당의 자유가 꼬리를 드러낸 날, 자유는 이다지 성가신 것인가요

〉

　이렛날, 오 하느님, 꼬끼용이 닭장 앞에 살아 돌아왔습니다 비루먹은 개꼴로 넋이 나간 듯 입은 뻥긋할 생각조차 못합니다 신세계 발견을 선포하며 돌아왔어야 할 나의 영웅, 이럴 바에야 돌아오지나 말 것이지, 미소가 흐뭇해진 주인이 문을 열어주자 홀로 횃대 위에 앉더니 달라진 눈빛으로 증언을 시작합니다

　─ 어디에도 우리를 기다리는 낙원은 없다 그나마 산중 높은 나뭇가지에 날아올라야 살길이 보이니 날개는 산꿩만큼 키우고 몸집은 산비둘기만큼 줄여야 한다 숲속 어둠과 친해지고 배고픔과 외로움을 견뎌내면 천하의 품에 든 것이다 그중에 힘든 것이 외로움이다 어둠은 참을 수 있으나 홀로 어둠을 견디는 것은 어렵다 배고픔은 참을 수 있으나 홀로 배고픔을 견디는 것은……

　꼬끼용은 말을 마저 마치지 못했습니다 아니 입을 닫고 말았습니다. 자유를 외치는 검투사에게는 변명의 칼집이 없을 것이니까요

벽

세상 높은 벽, 변치 않는 그늘 속에 한 청년의 홀로 죽음
이 있었다

"수중에 만 원짜리 한 장만 있었어도……"
굶주림의 증거를 찾아낸 베테랑 수사경찰관의 인정이
푸념으로만 들린다

배고파 죽을 지경인데 죽어야겠다는 생각을 하게 될까
얌전히 방에 들어가 이불 덮고 죽기를 기다리는
자학은 지금 이야기할 때가 아니다

고시촌 쪽방은 탈출구 없이 깊어지는 동굴,
수척해진 후드 티, 얼굴 없는 머리쓰개 적막 속으로 사
라진다
몸을 뉠 곳이라고는 퍼즐의 마지막 조각
빠듯이 끼어들면 몸에 맞을 빈 공간
바깥에서 찾아 헤매던 기억에 홀린 듯
자신의 실루엣 속으로 기어 들어간다
초현실주의 그림의 퍼즐 판이 완성됐다

이 그림에 끼어든 이상, 도와달라고 고함치지 못한다
'다른 세입자들을 성가시게 하지 말 것'이 문틀 위에 붙여

놓은 이곳 최고의 규범이기 때문이다

경쟁자, 훼방꾼은 있어도 이웃은 없다
낌새를 알아챈 이웃이 있을지라도 손을 내밀 이웃은 없다

두드려 깨워줄 손이라도 있는 노숙이 나을 뻔했다

철길 위 아이들

그때 철로 변 아이들에게는 어울려 놀 만한 곳이 따로
없었다 못이나 동전을 철로 레일 위에 올려놓고
　달아났다 돌아오면 철길은 보물찾기 놀이동산

　쇠붙이를 손에 넣지 못한 날에는 자갈을 대신 올려두기
도 했다
　나이래야 예닐곱에서 열두어 살, 집에서도 눈칫밥이나
먹을 나이의 아이들, 뿔난 기관사들이 뒷덜미를 낚아채려
달려 나오지 않더라도 콩닥거리던 심장은 새액새액, 꿈에
서 깨어 허덕였다

　하루는 어느 형 손에 어른 주먹만 한 돌멩이가 들려 있
었다 "나쁜 새끼들"
　큰형들을 따라 욕을 해놓고는
　안색이 금방 노래졌는데 에워싼 아이들의
　궁금증도 한몫한 날, 멀리 우레 소리를 내며 다가와
　판자촌을 흔들고 지나가던 무적의 열차가
　기우뚱 넘어질 뻔했던 순간을 두 눈으로 보았다

　몰라서 두려웠고 두려워서 미웠던 세상에 대한 철로 변
철부지들의 사보타지, 대신 불려 간 부모들이 손이야 발
이야 빌고 나서 끝났으나

〉

녹슨 쇠붙이의 변신에 마음을 빼앗겼던 아이들은 훗날
대장간이나 철공소 사장이 되기도 했고

열차를 타고 다니는 부자들을 미워했던 아이들도 있었지
만 가난을 교훈 삼아 자수성가한 이들도 많았다 그중에는
민의의 전당에 진출한 이도 있는데 몇몇은 딱하게도 추억
의 늪에 빠진 듯
오늘도 열차 박물관을 점거하고
내일을 향해 쏘고 있다*

* 미국 서부 영화(1969), 〈내일을 향해 쏴라〉

요지경

매월 서울과 부산에서 따로 열리는 동기회, 사진 한 장
이 카톡으로 도착했다
서울 모임의 한 장면, 동기생 몇 명을
차례대로 호명해 보는데 부산 친구 한 명이 섞여 있다
볼일이 있었겠지, 다시 찬찬히 뜯어보니
아차, 부산 동기회 사진

눈이 침침할수록 생각에 따라 서울이 부산이고 부산이
서울이다
생각의 키를 잡고 있는 무엇이 있다

구멍이 숭숭 뚫려 바람이 흔들어대는 뉴스를 본다
입김을 불어 넣어 구취나는 뉴스를 본다
코뚜레, 목줄, 눈가리개, 온갖 콩깍지를 덮어씌우려는
진영 발 가짜 뉴스를 본다

다큐멘터리 영상물이 인기몰이를 하고
영화 한 편이 때맞춰 등장해 이목을 빼앗아 간다
사실을 찾아 다큐를 보고
위안을 구해 영화를 보러 가는데
열린 마음을 노리는 배후가 있다

〉

재능 가진 이들이 편협과 열정을 더해
진영의 편견을 굳히고 증오를 키운다면 죄악이다

한 편의 영화를 보고 세상을 바로잡겠다고 나서는
장수가 있다 해도 재앙이다

외눈박이 세상에서는 고도 근시도 흔하다
과녁이 제대로 보이지 않는 사대에서는 총을 아예
겨누지 말 일이다
그대 아이의 미래가 내 아이의 미래와 함께 서 있다

상극에서 태극으로

자유 번영 공든 탑이 갈라져 무너지려 하건만
세상은 못 민을 정치인들의 경연장,
책임지지 않을 유튜버일수록 목소리는 더욱 큰데
우리들의 단톡방에는 건강 아니면 성인 말씀만 올라와
있다

정치 이야기는 하지 말자고
금줄을 쳐놓은 사이
빨강나라 파랑나라, 상극의 경계선이
자로 잰 듯 그어졌다
연보라 라일락도 청보라 로베리아도 설 자리를 잃었으니
시퍼렇고 시뻘건 서국 동국 되겠다

언제 너는 나의 면전에서 욕이라도 해본적 있느냐
침이라도 뱉어 본 적 있느냐
후회라도 남지 않게 끝장 토론이라도 해 볼 일이다
여의도 한강 변에 천막과 텐트 치고 너와 내가 마주 앉
아 밤이라도 새는거다

아흔아홉 걸음 남았어도 한걸음에 뜻을 맞췄다면
박수쳐 축하하자
대한민국, 먹고 마시고 노래하는 열정을 반이라도 아껴

두 팔 벌려 안아보고 등에 업고 돌아보자,
어화둥둥 몰려온다 빙글빙글 돌아간다 꼬리 물고 춤을
춘다

상극에서 태극으로
태극에서 화엄으로

고소공포증

연통 청소를 위해 경사 지붕 꼭대기에 올라가기로 한 날
사다리 끝에 디디르자 골비람은 수직으로 불고
발목으로 파고든 바람이 목덜미에서 터져 나온다

한 장의 조감도가 펄럭 바람에 떠오르고
눈에 익은 몇 점 풍경화가 파노라마로 펼쳐지는
한 점 허공에서
하지불안증 늙은이가 처마, 사다리와 만나
경사진 하늘길을 의논하게 되었다

시선이 초점을 잃고 사지가 오그라드는 것이
단순히 높이만의 문제는 아닌 것 같다
어느 둘 사이가 어떻게 틀어질지 몰라 두려운데
한 세계에서 맴돌다 다른 세계로 넘어갈 때는
항상 그랬다

다리가 사다리 발판에 얼어붙어 있어서
한쪽 다리는 손으로 끌어당겨 처마 위에 올려놓아야 했
다 그리고 다른 쪽 다리와 두 팔꿈치로 뱀처럼
구불구불 기어 올라갔다

마침내 지상 표고 6미터, 박공지붕 위에 섰다

두 팔이 절로 번쩍 올라갔다

"안나푸르나 만세!"

변신 증후군

시골집 작은 연못에 배수관이 막혔다 물이 넘쳐
입수관도 막아두어야 했으므로
잉어는 막힌 연못에 갇혀 수조와 함께 서서히 말라갔다

반원통형 옛날 수키와가 배수 홈통으로 안성맞춤 쓰였
는데, 대갓집 지붕에서 내려다보던 눈이 백수로 지내는
동안 많이 낮아져 있었다

수키와 홈통 따라 실개천이 흐르고
세상이 뒤집혀 보이는 수면에는
산과 주위가 빨랫줄에 걸린 것처럼
거꾸로 매달렸다

뒤집힌 산에서 날아온 새들도
여기서 부리라도 적시고 돌아갈 땐
몸통의 반은 뒤집고 돌아가야 했을 것이다

물새들이 두 날개가 보이지 않게 위아래로 편 채 날아들
어
별안간 연못을 덮친다면?
잉어는 저도 모르게 한쪽으로
기울고 있다

몸이 가라앉고 두 눈이 한군데로 몰리면
넙치처럼 위아래로 펄럭이기라도 하겠다

색, 계[*]

  날렵한 치파오의 낚시찌가 연둣빛 물살에 저 혼자 살랑
살랑 물속 동정을 살피고 있다
  낚시찌 탕웨이는 항일연극패의 끄나풀, 낚시꾼은
연극패를 낚싯대로 매국노 양조위를 노린다

  가벼운 찌올림에 굳이 반응하지 않던 고수
침묵이 길어지는가 했더니

  거치대 위 낚싯대가 월척의 무게로 꿈틀거린다
찌가 곤추서고 맹렬한 힘에 끌려 내려간다
낚싯대는 거치대에서 굴러떨어지고
호심으로 끌려 들어가기 시작하는데
의식이 잠들었다

  주위에 탄식이 터지고 의식이 깨어나지만
할 수 있는 일이라곤 이제 없다
자신의 부끄러움이 먼저, 단호한 자각은 일지 않는다

  낚싯대는 수면 아래로 사라지고 고수는
연극패마저 잃고 나서야 깨어났으니 곱씹어 볼 일이다
작전 실패는 몰라도 경계 실패는 용서받을 수 없다 했다

* 이안 감독의 스파이/애정영화(2007), 양조위와 탕웨이가 주연.

애향

역전이든 뱃머리든 부산에 들어서면 긴 산줄기 와불처럼 누워있고 갈라져 나간 가지에는 작은 부산이 열려있다
영도 사람은 영도를 벗어나면 못사는 줄 알고 다대포 사람은 다대포가 제일 살기 좋은 곳인 줄 알고 산다
괴정 사람이 그렇고 초읍, 연산, 동래, 수영, 남천, 해운대 사람이 또 그렇게 알고 그렇게 살아간다

부산에 온 팔도 출신 사람들을 부산사람으로 만들어준 것이 동서남북 알맞게 담을 쳐준 산, 산, 산, 산이었는데
어느 해 산림청에서 대도시별 산의 개수 조사 결과를 발표했다
대구가 80개로 1위, 부산이 그다음이라는 것,

부산 어느 산꾼이 대단히 분발하여 채 등재되지 못한 봉우리까지 샅샅이 뒤졌는지, 81개 산 이름을 자신의 블로그에 올려놓았다
나를 밟고 넘어가라는 심정인 듯 산 하나를 더 실어놓았으니
높이 1.65m 움직이는 산, 조은산*

나는 대구 출신 부산 사람
장차 어느 언덕배기 산이 채 되지 못한 곳에 묻혀
먼지 한 줌 보태나

* 고 이기홍. 산인.

부산을 사랑하는 사람들

부산에서 오래 살고 있는 사람이라면
자신만의 해도 한 장쯤 가슴에 품고 사는 이가 많을 것이다
나의 모비딕은 어딜 헤어가고 있을지
텅 빈 해도 한 장 들여다볼 때 있을 것이다

차창을 잠시 들여다보고 지나가는 한 폭 바다라도
늘 끼고 사는 부산 사람들은
송도 앞바다를 오가는 외항선을 바라보면
나라 경제와 부산의 현재와 미래를 생각한다

마음은 바다를 향해 그리워도
주말이면 발끝이 봉래천마승학구덕엄광수정구봉백양금
정장산,
 부산의 뒷산들로 향하는 것은
 부산이 어머니 따뜻한 품 안에 있기 때문이지만

 부산 사람들이 부산다워지는 것은 산마루에 오를수록
 멀어지는 듯 환히 이어지는 수평선이
 아버지 너른 품을 보여주기 때문이다

 이른 아침 부산의 뒷산에는
 부스스한 모습으로 올라와

부자 사이 속 깊은 대화를 나누고는

부사사, 밝은 얼굴로 내려가는 이들이 그렇게나 많다

사이펀
현대시인선
24

온·오프는 로봇 명령어가 아니다

이도화

2

/

시
골
살
이

공간의 문제

손주 등하교 도우미로 아들네 서울 아파트에 올라와 부대끼며 지낸 지도 벌써 두 해, 시골집에 내려갈까 물어보면
"혼자서 밥해 먹고 살 수 있겠어요?"

입막음에 바쁜 아내지만 이것만은 안다 소나무잎이 뜨지 않고 가지에 곰팡이가 피지 않게 하려면 어깨와 어깨, 층과 층 사이에 만남의 광장 같은 공간이 필요하다 들숨날숨이 들락이고 햇살과 바람이 쉬어 갈 빈자리

시골살이를 접고 서울에 올라온 남편은 때때로 투명 인간, 철 지난 양복처럼 장롱 옷걸이에 말없이 걸려 있다 낮의 노동에 밤의 시, 애써 찾은 리듬을 깨버리고 시의 늪에 빠졌는지 온종일 헤어날 줄 모른다

땀을 잃어버린 시 쓰기는 대책없는 정신노동, 남편의 빈 공간에는 잡초가 무성하다

슈퍼 블루문

월출 시각이 지났는데 여기서는 몰려온 비구름에
캄캄해진 하늘만 바라보입니다

미리 알았더라면 칠흑 구름을 탓하는 대신 블루문
카페를 찾아
블루문 재즈곡을 듣거나 블루문 리큐르를 기울이며
비구름의 추억이나 나누는 편이 나을 뻔했습니다

한 달에 두 번째 뜨는 보름달, 불길하다 해서
블루문이라 부른다면
반은 잘못 만든 달력 탓, 블루문 편견에 맞서 싸워 줄
우군이 그곳에는 많을 테지요

고개 숙인 은메달의 비애에 대해서도 생각해 보는데
빼앗긴 결혼식의 들러리 같고
풀 죽은 복사본 같아 보이는 2인자,
쏟아지는 박수는 잊혀 질 승리에 대한 위로인가요,
마지막 패배에 대한 동정인가요

이제 이곳에는 블루문의 아픔처럼 장대비가 내립니다
그곳 하늘이 문득 궁금해져 휴대전화를 켜고 보니
구름 위로 활보하는 슈퍼 블루문이 생생하게 중계되고

있었습니다
　기쁨에 슬픔을 섞지 않으려는 달의 속내를 보았습니다

　모쪼록 블루문의 축복으로 기쁘게 지내시길 바랍니다
　여기 슬픔은 걱정하지 마십시요
　14년 후에는 다시 돌아온다니까요

바람과 나뭇잎

나는 나뭇잎이고 바람이었으나
바람이 나를 흔들고 지나가기 전까지는
매달린 나뭇잎인 줄 몰랐습니다 나뭇잎이
흔들리기 전까지는 내가 불고 가는 바람인 줄도 몰랐습니다

매달렸거든 흔들리지 말거나
흔들고 지나가거든 오직 한길로만 불거나,
차라리 눈 가리고 귀를 가려
바위 뼈대 속에 머물기를 바란 적도 있었습니다

살아있는 것들은 모두 흔들리는 것들,
제 몸을 흔들어 자리를 찾아가는 것이니
살아있게 하는 것들도 모두
흔들어 놓고 지나가는 것이니

별빛처럼 빛나고 바위처럼 단단하게 지킨 것은 없으나
어찌 바람이 되어 변덕스럽게 불었다
탓할까요
겨우 한 잎 나뭇잎이 요란스러웠다고
자책할까요

자리돔회 한 접시

자리돔 세꼬시 깻잎 위에 올려놓고
양파 한 조각에 신김치와 산초 두엇 닢
생겨자를 바르고 막장에 듬뿍 찍어
한입 가득 머금으면
싹트는 제주 초원에 봄 기병이 달린다

백록담 마른 입에 샘이 열려 솟구치고
둥근 귓바퀴에 걸린 구름
속삭이는 귓속말이 우렁우렁 다 들리면
소주 한 잔에 넘실대는 마음은 삐걱대는 테우*를 타고
허름한 횟집 파리똥 묻은 차림표와 바람에 덜컹거리는 창
문을 지나 바닷가로 가자 한다

유채꽃 술렁이는 봄 물결이 어지러워
흩어진 살점들을 주섬주섬 모아두자
지느러미를 곧추세우는 자리돔, 뗏목에 뒹구는
봄기운을 후르르 핥아 들이더니
풍덩,
범섬 그림자 속으로 뛰어들더라

---

* 제주도에서 자리돔잡이에 사용하던 전통 뗏목 식 고깃배.

부전자전

주민증을 재발급받으려면 지문이 살아 있어야 했다

손가락에 묻은 양념장도 아니고 꼈다 벗어놓은 골무도
아니지만
백면서생 흠집 없이 줄지어 물결치던 지문은
맡겨둔 목도장

곡괭이질과 삽질 몇 년에
획이 무너지고 담이 쓸려나가 시골살이
막도장이 되었다

손을 벌리고 이리저리 돌려보자 다른 손 하나
희끄무레 겹쳐진다
체구에 비해 크고 억세 보이는 손
아이쿠, 아버지!

관절과 혈관이 울퉁불퉁
손등이 두툼하고
굳은살투성이 손바닥은 대패로 밀어놓은 듯
지문 자리가 매끈하다

어머니를 닮은 줄 알았는데

시골살이 삼 년 만에 아버지 손이 내 거친 손
햇빛에 타고 볼살까지 빠지니
영판 아버지 얼굴

트리하우스

거목으로 자란 은목서, 번잡한 속가지를 쳐내자
둥글게 부푼 공간이
아이들 작은 꿈 하나 들이기에 넉넉하다

아이들은 꽃다발과 가시에 갈수록 길이 들고
할아비가 줄 수 있는 토끼풀 반지와 찔레 가시는
별것도 아니라서
너른 나무의 품에도 안기게 해주고 싶어졌다

바닥을 뚫고 올라온 줄기와 가지는
살아있는 기둥과 서까래,
잡고 있는 손등에 푸른 피가 돌고
발바닥과 발등은 새 가지가 터져 나올 것처럼 근질거린다

아이들은 나무 위에서도 위험한 장난을 치고
서로 싸워 울기도 하지만
한 번 느려진 심장 박동은 쉬 빨라지지 않는다

내리쬐는 햇빛에 푸른 허파가
대장간 풀무처럼 불룩불룩 부풀어 오르는 시간,
아이들은 편한 대로 누워있기도 하고
줄기에 기대거나 매달리기도 하는데

찌르라기 한 마리가 날아든다
어쩔 줄 몰라 우왕좌왕 날아다녀 나는
얼른 가슴을 풀어헤친 다음
흉곽 한 칸을 열어놓고
기다렸다

버드나무 다라니

이웃 화포천 물가에서 옮겨 심었다는 아름드리 버드나무
봄이 오지 않는 가지에는 눈곱 노란 도깨비 행색만 역력
하다 행여 동티날까 나서는 이도 없는 동네 흉물,
껍질부터 벗겨낸다

몇 날 며칠 전골에 손도끼 소리가 울려 퍼지고
매끈히 굳은 살집과 여문 뼈대는
휘감아 오르던 물, 회오리쳐 내리던 불길이었다가
속을 비워 궁근 자리, 공력 높은 수도자라면
들어가 좌선 입적해도 좋을 목관이 되었는데

석룡산 비구니스님은 달마대사 모습이 여실하다며
합장하고 지나간다
동쪽을 바라보는 이, 침묵의 달인이여
옹이와 뼈대와 부라린 두 눈으로 당신 모습 보이소서

걸음을 멈추고 바라보는 이여,
버드나무에 한 마디 안부라도 물어 주오
물소리 바람 소리 혹여 까투리 바스락대는 소리가 들리
거든 버드나무 인사인 양 들어 주오

개울가 축대 위에 버드나무 다라니

새들이 모여 읽고 있다

　돌아가던 콜택시 기사님과 지나가던 낮달이 함께 서서

읽고 있다

공양주

1

50년 전 팔공산 말사 도덕사에는 후덕해 보이는 공양간
보살이 있었다

노트 한 권 들고 두 달간 떠나 지냈던 산사, 그녀의 불국
토에는 무럭무럭 김이 올라 하숙하는 고시준비생은 물론
놀러 온 친구들도 한 끼 식사로 모두 한 식구라 불렀다

2

시골살이 공양은 살아 있는 입이라면 한 식구로 모시는 일

닭이 비운 닭장에 왠 생쥐 한 마리가
다람쥐 자세로 뭔가를 오물쪼물 먹으며 앉아 있다
잠시 망설이는 사이 저도 잠시 망설이다
발목을 툭 치고 굴러가는데
하얀 이빨에 촉촉한 눈, 신기하게도 귀엽다
그 입도 입으로 친다면 군식구일망정 한 식구,
나는 도리 없는 공양주

능소화

귀밑까지 바알간 주홍의 꽃부리가
더위도 꼭대기에 일제히 눈을 떴다

솟구치는 뜨거움에 꽃꽃꽃 꽃잔치
집성촌 제실 담벼락에 꽃 도배를 하였는데
줄기가 무슨 소용,
무시무시하게 뻗어나가는 넝쿨들을 좀 보아
남의 어깨 올라타고 넘실대는 넉살에
밀고 나가는 저 배짱을 좀 보아

꽃꽃꽃 꽃 사태
세상인심 각박해서 뿌리지 못한 낱낱 꽃잎
꽃부리째 떨어진다
마당은 한 점 티끌 없이 쓸어두고
하늘 바라보고 씨익 한번 웃었을지
한줄기 눈물 뜨거웠을지
통꽃이 떨어진다

지기 싫어지는 꽃
반은 하늘에 대고 피고 반은 땅에 대고 핀다

가장 콤플렉스

헛손질 몇 번으로 닭장은 이내 난장판이 되었지만
하나는 기억하고 있었다
날개와 몸통 사이 겨드랑이가 녀석의 아킬레스건,

날개가 뒤로 꺾이자 저항도 멈추었는데

맥박보다 선명한 체온, 가슴 뜨거운 저항군이
날갯죽지 흰 털 조밀한 숲속에 숨어있을 줄이야

누구 약손보다 따뜻하고 어느 평화조약보다 너그러워
충혈되었던 피가 맥없이 빠져나가고
망연히 서 있을 때
어머니의 원망과 잔소리에 평생 눌려 사셨던 아버지께
서 어른거려 보였다

식구들에게 먹일 거냐며 모가지를 비트시고
단숨에 숨통을 끊는 순간
끈적하고 뜨거운 핏덩이가 손등에 날아와
낙인처럼 검붉게 들어박히는데

끓는 물에 닭털은 어떻게 뽑았는지
닭 요리에 능한 아내도 난감해하는

내장 들어내기를
닭똥집과 모이주머니조차 구분 못 하는 처지에
또 나서고 말았다
"마, 비키보소"

촌부의 하루

늦깎이 촌부에게 하루는 금방이다
아침 일찍 마당을 한 바퀴 돌아 나오면 할 일이 고구마
넝쿨처럼 따라나서고
재미로 시작해서 노역으로 끝나는 일에
하루치 일도 빨간 날도 없지만 호흡은 좀 더 길다

부지런한 농부는 절기대로 살 것이다
늦깎이 촌부로서야
먹고 입고 자는 것은 여전히 몸에 익은 계절이나

근질거리는 두 손이 새삼스레 곡괭이와 쇠스랑을 찾으
니 봄이다

세상에 청초하고 예쁜 것들은 아닌 바람에 모두 넘어가고
풍성한 작약과 수국밭에 옥잠화가 발길을 주니 여름,

창문만 내다봐도 물드는 산색
감사하는 가을이고

채비를 한다고 해도 얼어 터지는 것이 있고
손 쓸 일이 생기니 겨울이다

늦은 나이에 꺾꽂이하듯 시골 땅에 나를 심어두었으니
귀촌의 하루하루에 무슨 큰 뜻이 있으랴
동트자 잠이 깨고 저녁상 물리면 잠이 절로 오니
시골살이 반은 이미 뿌리 내린 걸

밀당하는 닭

동그랗고 작은 흑요석,
슬픈 닭의 눈빛 표정을 본 적이 있니

다가서면 다른 닭들은 달아나도 저만은 너를 믿는다는 듯
멈칫멈칫, 돌아보고 또 돌아보는데

그 아이가 하도 애를 태워 한 대 쥐어박을 듯
화를 낸 적이 있었네
해거름이었지, 바닥을 청소하려고 닭장에 들어서자
거대공룡의 발처럼 보였을까
들고 있던 갈쿠리를 보고 놀란 닭들이
난리를 치고 한쪽 쪽문이 벌컥 열리고
마당으로 쏟아져 나왔지

어둠을 싫어하니까 닭들은 잠시 만에 돌아왔지만
한 아이가 유독 겁을 내며
닭장 주위를 뱅글뱅글 도는데, 애를 먹이기로 작정한 거
라
열어둔 문을 코앞에 두고 돌아서길 십수 차례, 결국에는
제 두발로 쪼르르 닭장 안으로 달려 들어갈 것을
어찌나 속이 상한지 따라 들어가
한 대라도 때릴 듯 겁을 줬지

〉

그날 밤 달도 밝아 닭장에 가보니
풀이 죽은 듯 한 녀석이 고개를 푹 숙이고
횟대에 따로 앉아 있는 거야,
슬픈 눈매가 보이는데
바로 그 녀석이었어

서울 가는 길

손주들 돌보러 서울 가는 길,
빈집에는 정리해두어야 할 일이 한둘이 아니다
고양이 '땅콩이'는 스테파노 형님께 부탁드렸고
닭집에 부탁해서 잡아 온 오골계는 이웃들과 나누었다

작년 가을에 수레국화 올봄에는 유채 씨앗,
넉넉히 뿌려두었으니
아직 피지 않은 꽃들은 남겨두고 갈 것이다

얼굴이나 다시 보자, 이웃 어른들이 오셨는데
맡기거나 남겨둘 수 없는 것이 두 형님댁과 쌓아온 정,
속히 돌아오라, 인사치레 말씀조차
정이 담겨 한 짐이다
메고 가면 가는 길에 뚝뚝 흘러 서울 가서 멈출까
돌아오는 길가, 진달래 피어 내다볼까
구절초 피어 손짓할까

우물쭈물하는 사이
"우리는 걱정하지 마라"며 다리 넘어가시는데
새로 얻은 고향, 늙어가실
두 노익장이 눈물 속에 어린다

빈집

잔디는 우거졌지만 잡초가 그만큼 덜 자랐고 묘목들도
가뭄과 태풍에 잘 견뎌주었다
날아든 개미취 허튼 어깨춤에 가을이 깊은 마당
발 빠른 꽃무릇 꽃범의꼬리야 그렇다손 치더라도
얌전한 분홍낮달맞이가 마당 한쪽으로 넘어가
불그레 새 화단으로 살아났다

채소 모종을 조금 심어두고 물 주기는 대책도 없이 떠났
는데
새들과 벌레들을 다 먹이고도 은근슬쩍
우리 몫을 따로 남겨 놓았다
아내가 풀섶을 뒤져가며 서리 맞은 가지와 붉은 고추 한
소쿠리, 구기자 한 사발과 늙은 호박 세 덩이, 곶감처럼
잘 마른 무화과까지 제법 가을걷이를 하는 사이
이웃 스테파노 형님이 오셨다 가신다

마당 고양이 '땅콩이' 밥과 물그릇을 채워놓고
장화 신은 큰 보폭으로 한 바퀴 인기척을 남기시는데
두 손에는 도깨비바늘과 쑥대며 망초 시든 줄기
아무 일 없었다는 듯 장갑을 벗어놓고 나가신다
따라 나온 은목서 금목서 꽃향내가 서성이다 돌아서고
대문 가장자리에는 땅콩이가 수문장처럼 앉았다

만기 제대

2년 2개월, 군 복무기간부터 떠오른다면 그대는 십중팔구 베이비부머 세대,
자식들의 호출은 국가의 부름으로 여겨
아내는 자원입대, 나는 동반 입대
아이들 등하교 도우미를 주특기로
아들과 딸네 아파트를 오가며 옛날 군 복무기간에 버금가는 달 수를 채우게 되었다

아파트 생활에 새로 적응하는 불편함이며
운동 부족으로 불룩해진
아랫배 하며 갑갑함이며,
그렇다 치자 다 좋다 치자

손주들 예쁜 순간, 너희들 어려워도 잘 살아가는 모습
못된 시어머니 못난 시아버지 서운한 친정엄마 아버지
다 좋다 치자, 너희 고생이 많았으니 다 같이 박수 치고
좋은 기억에 감사하자

오늘 나는 비워둔 시골집으로 돌아간다
하자 한 점 없이 만기로 제대한다,
"명 받았습니다"

3

/ 파 킨 슨 병

짐을 들고

 팔다리를 접고 웅크리면 굴러가는 굴렁쇠, 차라리 공이
었기를 기원할 때

 앉아 있자니 두 다리가 지려오고
 서있자니 허리가 쑤시듯 아파온다

 자세를 바꾸자고 두 다리를 움직여 보려는데
 무르팍이 하필이면 왜 이때 여기에 있어야 했담,
 거추장스럽기 짝이 없다

 사지가 나를 돕지 못하고
 오히려 짐이 되니 엎드린 채 쉬고 간다
 고행의 때,
 그 짐을 부친 이도 받는 이도 나
 지금은 아무도 들고 갈 수 있는 이가 없어
 내가 들고 가는 중

온·오프는 로봇 명령어가 아니다

　나의 걸음은 레보도파 농도에 따라 0 또는 1,
　제자리걸음을 하거나 활보하는 것이다
　둘 사이에는 깊게 그은 절단면이 있고 그 자리는 면도날
이 지나간 것처럼 매끈하다 하여
　온·오프라 부를만한데

"즐겁게 춤을 추다가 그대로 멈춰랏!"

　그대는 모래시계, 마지막 알갱이들이 줄을 서고
　세 알, 두 알, 한 알, 끊어질 무렵이 오프의 시작,
　정해 둔 시간에 약을 먹어라, 떨어졌던
　스위치가 올라가고 온의 해가
　다시 떠오를 것이다

　온의 능선을 걸어갈 때 우리는 감쪽같다
　오프의 골짜기에 들어서면 어둠이 내릴 테니
　하던 일을 멈추고 안전에 조심하라

　온·오프는 자비의 얼굴로 다가와 말의 채찍을 휘두른다
　자신의 규격에 가두려 하여
　하늘에 환히 달이 떠있는 날 나도 밤길에 따라나가 보았
다

〉

　빨강 신호등이 켜진 왕복 6차선 건널목,
　차들은 오가는데 어른 손을 놓친 아이가 혼자 길을 가고
있다 길 건너를 바라보며 "할아버지"
　뛰어들려고 해 막으려 몇 걸음 달리는데
　잠이 깨고 새벽 요의가 아랫배에 팽팽하다

　급류를 앞두고 망설일 틈이 없는 세랭게티 강에서는
　온·오프는 어둠의 표지,
　로봇에게 내리는 명령어가 아니다

　악어가 번쩍이는 눈초리로 약한 누를 노리고 있어도
　건너는 누는 건너가는 이유가 간절하다
　악어 머리와 등을 밟고 지나가느라
　마비될 겨를도 없다

* 파킨슨병 약을 복용한 뒤 약 효과가 발생하는 시점에서 끝나는 시점까지의 시
  간을 온(on), 약 효과가 사라지고 없는 기간의 시간을 오프(off)라 칭함.

동결

불꽃 일 듯 마음이 조급해질 때가 있다
사람들이 지켜보는 엘리베이터 앞
문은 닫히려 하는데
두 다리는 '하지불안증'에 묶여있고
몸은 기울어져 위태로운 사탑,

비틀거리는 체중이 두 발목에 모여 발끝을 내리누른다
발가락은 중력을 버텨내지 못할 것이고
시련에 처한 발끝은 걷어차 올릴 힘을 잃을 것이므로
두 가지 중 하나를 선택해야 할 것이다
주저앉거나 뛰어들거나

아무 일도 시작하지 않는다면
어느 아침 불안한 카프카는 꿈을 꾸다 눈을 뜨고 팔다리
에서 잔뿌리가 내리기 시작하는 것을 보게 될지 모른다
침대에 박힌 한 포기 두 포기
포기 인간을 보게 될지 모른다

두려움이 고개 든 해충처럼 스멀스멀 기어 오겠지
그래도 아무 일도 일으키지 않는다면
돌아가신 어머니 생각도 하게 될 것이다
어머니는 말년에 늘 아이처럼 웃으시는 치매에 걸리셨

다 그렇게 자존심을 지키다 가셨으니

　내게도 두 길은 남아 있다 싶어 위안으로 삼을지도 모르
지
　스스로 허브 향내를 피워 해충을 물리치거나
　아기 해맑은 마음이 되어 해충을 몰라보거나

　하체 단련 스쿼트, 오랫동안 미루기만 해왔는데
　오늘 아침 비로소 시작했다

걸어가자, 바위야

일어나라 바위야
흙구덩이에 묻혀 시골집 대문이나 지키며 평생 앉아 지
내겠다는 속셈이냐

머리 흰 노인이 기골 장대한 아들과 야생마보다 날렵한
손자를 데리고 더운 순록의 피를 바치던 땅이 있다
바이칼 청잣빛 호수가 얼어붙기 전에
시베리아 푸른 하늘이 하얗게 부서지기 전에
선조들의 성소를 찾아가자, 바위야

검은 동토 흰 숲속
무너진 제단 모퉁이
돌이라도 되어
아침 해를 맞는다면 무엇을 더 바랄까
캄차카 설산 연봉 사이 막 터진 햇살이 마르기 전에
나서자 바위야
실한 종아리가 야위기 전에 흥안령 긴 산맥을 넘고
툰드라의 벌판과 아무르강을 건너가자

일어나라 바위야, 탄탄하던 걸음걸이가
흘러가던 박자를 놓쳐버리고
놓친 박자에 얼어붙어

산 채 죽은 화석이 되려 하는구나
한 모서리쯤 깨지는 일이 있더라도
걸어가자 바위야

어깨를 잡고 비틀어 줄 테니 발만 성큼 내밀어라
발은 다리를 잡고 다리는 골반을 잡고
골반은 어깨를 잡고
춤추는 광대가 되고 펄럭이는 깃발이 되어
불어오는 바람은 콧등 세워 가르며
걸어가자, 바위야

무심코

한밤 요의가 묵직하여 무심코 일어서려는데
한낱 '무심코' 안에 이리 많은 구분 동작과 올리고 내려
야 하는 무게, 밀고 당기는 힘이 들어 있을 줄이야

발목뼈 위로 종아리뼈가 흔들린다
종아리와 넓적다리 사이에 정격의 경사각을 맞춰두자
골반이 판판해지고 칠층탑이 바로 선다
다리를 내뻗을 차례, 그러나 두 다리는
쓸 수 없는 힘에 인질이 잡혀있어 꼼짝하지 못한다

한 장면이 스쳐 지나간다
군대 열병식!

시선은 하늘에 두고
등 뒤로 몸이 휘게 활처럼 시위를 끌어당기면
뛰쳐나가려는 듯 팽팽해진 다리는 정점까지 올라가고
들어 올린 다리를 내리친다
척, 척, 척, 내딛는 발걸음이 연병장 지축을 울리고
반동으로 들썩들썩 가슴마저 떠오르면
부푼 가슴 부력으로 걷는다
나도 모르게 걷는다

커밍아웃

성냥갑의 성냥개비는 삐딱하게 기울지 말고 똑바로 서
있어야 한다
14층 연구실에서 지하 1층 강의실로 내려가는 비좁은
엘리베이터 안
긴장감에 손이 떨려 힘을 주면
떨림은 팔뚝으로 건너가며
오히려 더 커져 솔깃해지는 소리를 쏟아내고

간신히 엘리베이터에서 빠져나오는데 강의실에서 쏟아
져 나오는 급류를 만난다
밀려 허둥대다 안간힘을 써 바로 선다는 것이 경직을 가
져오고 동결을 가져오고 두 발을 바닥에 달라붙게 만들었
다
나는 바다 가운데 좌초한 바위가 되고 말았다

닫히던 엘리베이터 문이 급히 다시 열리더니
무슨 말을 하려다 말고 도로 닫힌다

동정이든 공감이든 소문으로 떠돌다 돌아오길 기다리느
니 사실의 힘을 믿고 바로 설 때
부축해 주려고 팔을 내미는 학생에게 나는
업어 달라 부탁했다

따개비 되어 사는 법

굳은 팔다리 느린 몸통을 지나 초승달이 차오르고 보름
달이 무너진다
  새끼방게들이 떼지어 게걸음 치는 개펄에는
  보리새우와 갯가재 무리가 몰려다니지만
  굼뜬 따개비는 밀물과 썰물이 들락이는
  해변 바위에 조용히 붙어사는 길을 택하였다

  마른 개펄에 십 리 밖 바닷물결이 들어차니 기적이다 굳
어져 꼼짝 못 하던 팔다리가 풀어져 춤을 추니
  기적 중에 축복이다

  썰물에 힘이 쓸려나가 굳어지고 느려지는 것,
  재앙이라 할 만해도
  멈추지 않고 나무 전지도 하고 시도 쓰니
  고통을 안고 가기, 어쩌면 고행이다

  오프 시간에 나무를 다듬다가 식당에
  밥 먹으러 갔다
  기듯이 들어갔다가 날듯이 걸어 나오자
  사라진 환자를 찾아 두리번거리던 주인,
  나를 알아보았는지 박장대소하고는
  인사를 다시 한다

불편해도 먹고사는 일이 즐겁다

물이 나가면 들어왔을 때를 생각한다
들어오면 나갔을 때를 생각한다

그림자

고속도로 휴게소, 나 역시 같은 처지에 있지만
어렵게 버티고 서 있는 한 사내를 보았다

떨림은 그냥 두고 허리부터 바로 세울 것
시선이 불편하게 느껴지면 무시할 것,
마음으로 응원해 보지만
자존심 하나로 버티고 있어
그의 구세주는 쉬 나타나지 않을 것 같다

나와 마주치자 그의 시선이 흔들렸다
애틋해지려는 마음이 그의 곁에 주저앉았다
휠체어는 쓰지 않느냐고 물어보고는
자존심 따위는 버리라고
버린 적 오래되었다고 주거니 받거니
이야기를 나누는데

그나마 긴장이 풀렸는지
힐끗힐끗 시선이 둘러싸기 시작하자
그는 아쉽지만 그만 헤어지자고 말했다

얼마나 지났을까, 진작 떠난 줄 알았던 그가
물가의 갯바위처럼 동그마니 앉아 떨고 있었다

갈 곳이 없다고 했다
스스로 떨어져 나갔던
내 그림자였다

고요한 밤

연변 아주머니도 어느새 형님 아우, 간병인들끼리는
만나자마자 정겨운 부산 백병원 115△호실
말수 적은 경상도 아저씨들은
눈만 멀뚱멀뚱 일찍 잠자리에 들었다

혈색과 풍채가 좋아 보이던 사장님, 피차
편치 않은 장소라서
인사말 대신 방귀 한 방, 풍 하고 내어놓자
같은 연배의 아저씨들 뿌웅 뿌웅
유럽 축구장 긴 나팔 소리로 반기는데
고요해지다가는 손뼉처럼 폭죽처럼
말없이 살아있는 심혈관 수술 환자 6인 병실

복도 따라 백색 형광등이 줄지어 내려다보고
링거액처럼 떨어지던 아내 기도 소리 빨라지고
시장통 인파 사이 행렬만큼 혼란스럽고
망자의 노제 행로만큼 적막했던
길고 긴 미로의 끝, 수술실에는
보기만큼이나 싸늘했던 수술대가 놓여 있었다

오, 하느님, 이 방에 들어오는 모든 이들에게 치유와 구
원의 힘을 주소서

〉
시술은 수술이 아니라고 방심하다
정신이 번쩍 들어 돌아왔던 오늘 오후
다녀온 곳은 저마다 다르고
일일이 터놓고 나누지는 못해도
방귀를 터 한 이웃, 편안하게 잠들었다

수양이 필요한 이유

한 되 세척제를 마셔야 하는 대장 내시경 진료,
회오리 카테일이리 우기머 남편이
원샷으로 들이킨다
부럽게 쳐다보던 아내는 안방 화장실로 달려가고 남편
은 거실 화장실로,
자정이 지난 시간에 신종 홈경기가 벌어졌다

두 번째 경기는 정하지 못했는데
수면 마취에서 깨고 보니
무마취의 아내가 곁에서 딱한 표정으로 쳐다본다
남편의 진상 짓에 놀랐다고,
고함을 지르고 욕도 몇 마디 한 모양

무례한 행동을 두고 의식 통제가 불가한 것은
참으로 난감한 일,
평소 인격이 달린 문제,
머릿속은 뱃속보다 깨끗해야 할 텐데
아내에게 치명적 1패를 당했다

조개 몇 줌

남녘 바닷가, 장가보낸 큰아들 나이만큼 오래된 뻘배를
타고도 없어지지 않을 걱정은 집안에 가둬두고 나왔다는
오씨 성 아주머니,
땡볕 아래 푹푹 빠지는 뻘밭
젖은 일이 고되다

뻘투성이 대바구니에는 고작해야 조개 두어 줌에
낙지 서너 마리, 오늘따라 저조한 수확에

– 이분들이 단체로 남의 밭에 알바하러 나섰나
효도 관광에 납셨나
그렇다고 나올 때마다 바구니 가득 잡아가면 이 뻘밭인
들 무사하겠느냐, 너스레로 눙치더니

– 바람 쐬고 머리 안 아픈 것만 해도 좋고

야문 뻘밭이 이제야 숨구멍을 내어놓고
참았던 공기 방울이야 밀어 올리든지 말든지
본전치기가 어디 있냐며
뭍으로 배를 돌려 나가기 시작한다

그녀 하루치 수확 뒤로 어느새 부풀어 오른 수평선이
뒤따라가고 있다

우중 비행

　빗물 흘러내리는 카페 창문틀 안으로 한 무리 갈매기 떼
가 날아든다
　부둣가 비린 생선 찌꺼기를 노리고 날아들었을지라도
　비 개면 수평선 너머 태양을 넘보는 것들, 나는 습관처
럼 안경을 치켜올려 내다볼 뿐인데

　물밑에 잠겨 있던 파도가 방파제에 부딪혀 창틀 밖으로
솟구친다
　갈매기 한 마리가 날아든다
　나이 들어서일까 더 멀리 날아와서일까
　일행을 놓친 날갯짓이 버겁다
　늘어진 궤적을 물고 따라가는 혼신의
　우중 비행,
　흐려진 안경을 닦아 고글처럼 바짝 붙여 쓰고 바라볼 따
름인데

　호미곶에서 돌아 나오는 길
　차창에는 낡은 와이퍼가 폭우를 가르며 돌아가고
　나는 흔들리는 핸들을 움켜쥐고
　둥근 궤적 사이를 내다보며
　이쯤이야! 이쯤이야, 수막 위를 날고 있다

행복랜드

세상은 넘치는 문젯거리로 고통받고 있는 것 같아도
거리에 나서면 놓쳐서는 안 될 행복만 보입니다
문제는 단순하고 말씀도 간단하다지요
행복하세요? 행복 사세요 신상이 나왔어요

사람들은 바뀐 세상에 실망하고 스승도 믿지 못해
혁명이나 깨달음을 입에 담지 않습니다, 그래선지
어디서나 희생과 신뢰 대신 행복만 팔리는데
구원을 건성 빌어주던 사제와 승려들마저
행복을 진심 빌어주니 행복의 전성시대, 그러나

살아가는데 행복이 늘 필요한 것 같지도 않으니
때로는 가파른 능선길, 바람 불어
두려움과 신음에 무거워져도
고통의 눈물계곡, 웃음으로 가벼워져
밟고 지나기도 하는 것

하늘이 내게 고통을 허락했을 때에는 쉬운 길이었으면
험한 길이라도 뚫고 기쁨의 잔치에 오라 하셨을 것이니
대장장이 망치질,
행복은 가져와도 쓸모 한 점 없어지니
행복은 고통과 함께 뼛속 깊이 두드려 두라시는 말씀

고행으로 가는 길

누군지 이름도 몰랐던 파킨슨씨
내 곁에 다가온 줄은 더구나 몰랐는데
퇴근길 전차 안에서 무릎 아래 느낌을 온전히 거둬갔다

귀촌에 이어 명예퇴직을 택할 수 있었던 것은
오롯이 아내의 덕
늦깎이 촌부의 시골살이는
낮의 노동과 밤의 시 쓰기로 하루가 바빴다

굳은 몸으로 일을 하고 불편한 자세로
오타를 거듭했던 것은
고행에 가까운 일이었지만 그 사이
몸과 마음에 새살이 돋고 근력이 붙었는지
파킨슨병, 대책없이 번져가던 넝쿨을
제자리에 묶어둘 수 있었다

어둠을 파고드는 뿌리의 힘으로
나무는 팔을 뻗고 창공의 기쁨에 닿는 것인데
표정이 풀렸다니 마음 또한 열리겠는지

4

/

사
람
들

덜컹

플랫폼이 내려앉고

빈손이 깜깜한데

수서역이

들썩하는

"이 폰 주인 되세요?"

창문 밖

딱한 소동에

달려 나온

미화원

벽난로

새벽녘에 일어나서 난로 두툼한 몸통부터
짚어본다

겨우내 시골집 거실은 난로 앞이 쩔쩔 끓는 아랫목,
아이들은 덥다고 이불을 차 던지고
종일 뒤치다꺼리에 꽐꽐 달아올랐던
무쇠 통짜 벽난로
빨간 불덩이는 하얀 잿더미를 덮어쓰고
꺼질 듯 깜빡인다

추위와 허기에는 손사래를 치는 아내
손주들을 품에 넣고 선잠 중에 끙끙대는
새우등이 차가운데

젊었을 때도 있었던 수족냉증
그런 것 때문에

그런 줄로만 알았다

유구무언

시골집을 당분간 비우자니 키우던 닭들이 문제였다
두 해를 넘겼다고 나서는 이도 없는 닭,
백숙을 만들어 어른들께 대접하기로 하였다
할머니가 외손녀를 데리고 왔는데 외손녀는
꼬꼬야를 찾아 닭장을 둘러보고 온 모양, 찾아내라고 난
리통이 터졌다

사레들리신 스테파노 형님께서
한참 헛기침만 하시더니
꼬꼬야는 나가도 갈 데가 없는데, 어디 가서 찾아올까,
넌지시 되물으신다
저도 알고 있다는 듯
울음을 뚝 그치고 "다 잡아 묵었어요"
"누가?" 재차 물으시자
"할아버지요"

내 속에 들어가 있던 걸신과 도척은 말이 나오지 않는지
입만 연신 벙긋거리고 있었다

울 아버지 봄바람

우리 아버지, 청렴하고 올곧다는 성씨 하나 들고
이웃 고을 중농 집안에 장가가셨다
징용 바람을 피해 숯골 오지에 들어가셨던 아버지, 큰누
님과 큰형님을 업고 걸리며 따라나섰던 어머니, 외가에서
초가 한 채 지어놓고 불렀으니 아버지의 처가살이, 형편
은 풀리지 않아
아이 넷을 더 낳고 장사 밑천을 받아 서문시장에 가셨다
는데

돌아오는 고갯길에 난데없는 백바지와 백구두,
초저녁 달을 앞세우고 휘청휘청 걸어온다
기다리던 불호령이 떨어지고
아버지는 긴 사연을 큰절로 대신하고
솔가하여 대구로 나가셨다

새벽밥 먹여 큰형님 대구중학교에 보내놓고
걱정에 성화이시던 어머니,
아버지는 손재주 하나 믿고 용기를 내셨지만
넘어야 할 고개가 한둘이었을까
대신동 고갯길, 오르다 숨차 멈추실 땐
창백해진 아버지, 긴 목에는 울대만 우뚝 솟아 오르내리
고

올망졸망 어린 숨이 함께 매달려 허덕였다

위엄은 부릴 줄도, 큰 소리는 낼 줄도 모르셨던 아버지,
허점 하나 보이지 않으셨는데
백바지와 백구두, 평생 원이 될 뻔했다

형수님이 조심스레 꺼내는 이야기에 모두 박장대소하다가
하나같이 눈시울을 붉혔던 오늘은 아버지 기일
봄바람이 훈훈했다

가명이세요?

이도화 씨, 가명이세요? 전화기 너머 담당자의 확신에
근접한 음성이 들린다
아닙니다,
가명 아니신가요,
아니라니까요

이름 하나를 명찰과 간판으로 내걸고 살아왔는데
받침도 없는 이름 또박또박 불러줘도
그럴 리 없다는 듯
기어코 '동화'나 '도하'로 접수하려 할 때
나는 내 이름이 낯설다

도화지라 했다가 카우보이 서부 영화를 본 김경상이
"화도이 아리조나 화도이"라 노래 부르던
카우보이 별명이 중학교에 이르러서는 기생 이름 놀림
감이 되고
누가 '끼'를 말하면 아니라고 아니라고
'길 도' '화할 화' 한 길 평화며 화합이 뜻이라고
진지해 본 적 있었지만 나는 안다
그 큰 뜻이 나를 속 좁게 만드는 줄

검색창에 이름 석 자 두드리면 우르르 같은 호명에 응답

하는 사람들, 어느 시인의 사진이
  내가 쓴 시의 저자로 소개되어 있기도 하지만

  신경 쓰지 않으니
  내 이름만 고집할 일이 아닌 줄도 알겠다

"본명이세요? 이름이 예뻐서요" 호기심에 물어보는 한
시인에게
  이렇게 대답할 걸 그랬다
"가명이세요? 나도 튼튼하고 씩씩한 이름 하나쯤 가졌
으면 해요"

수다쟁이 새

시골집 아침 창을 두드리던 새소리가 서울 아파트에서
도 들린다
박새, 직박구리, 찌르라기
떼지어 부르는 노랫소리가 시골집에
물결치고 있을 시간

한 줄기 짱짱한 새소리가 온 집안을 돌아다니며 쉬지 않
고 재잘댄다
입 모양을 동그랗게 하고 요리조리 입술을 움직이며
지지배배 지저귀는 새
식구들을 차례로 한 사람씩 식탁으로 데려왔다

― 오빠가~ 유치원에 가야 하는데~ 못 일어나는데~
어떡하면 좋데요"

불려 나온 식구들은 멍하니 앉아
네 살배기 말투가 신기해 한 입만 쳐다보는데

또록또록 꽃잎이 떨어진다
오빠를 좋아하는 마음이 발치에 소복하다

묵은지 사랑

티격태격하면서도 마침내 황혼에 이른 사랑은
함께 노을에 젖어드는 아내를 바라보는 남편 안쓰러운
눈길이며
밤새 남편 입가에 마른침 자국을 떼어 주는
아내 무심한 손길이다

예쁘다 한마디에
반짝이던 사십 수년 전 눈동자로 돌아가는 새색시는 어
설픈 사랑 연기에도
서슴없이 다가서는 모노드라마의 보조출연자 겸
일인 관객, 불도 희미한 좁은 무대,
끝까지 지켜보겠다고 턱을 괴고 앉아 있는 여인,

세월의 뒷자락에 나와 함께 남겨진
하릴없는 저 여인이다

알라트 아센드레이!!!

시골집에 다녀오려 나서는 길
마을 어른들과 나눠드시라며 머늘아기기 이내 손에 쿠키
한 통을 들려준다, 참으로 이쁘고 고마운 처사이다

앞뒤를 맞춰가며 사는 저도 일상이 빠듯한데
며늘아기에게는 신통하게도 여유가 있다
쿠키 한 통이지만
어찌 거기까지 생각이 미쳤을까?

돈이 돌아가고 시간이 남아돌아 여유가 아니라
생각이 돌아가고 마음이 움직여 여유이다
시어른 면목을 위해 제 걱정 잠시 멈추고 살펴주니
여유이다

아직도 나도 모르는 내 욕심은 마음 한 솥 담겨있어 조바
심에 펄펄 끓고 있지만 안 될 일 된 적 별로 없고
혼자서는 행복해지는 것도 아니었다
며늘아기는 두 손을 들어 올려
"알라트 아센드레이*" 마법을 걸고
오늘도 우리는 소풍 길, 공중에 떠올라 행복이다

* 해리포터에 나오는 마법 주문의 하나.

빅딜

손녀와 외손녀가 저희끼리 큰 건을 거래했다 물물교환
을 한 셈인데
사는 집을 바꾼 것도 아니고
다니는 학교나 친구를 바꾼 것도 아니지만
각자 제일 아끼는 반지 열 개와 브로치 열네 개가
손 바뀜을 하였다

둘이 만나면 같이 가지고 놀다
헤어질 시간이면 자기 것을 챙기기 바빴는데
조용하다 했더니 둘만의 협상력으로
합의에 이르렀다
미련을 두지 않는 것을 보니
후회하지 않을 결심이 섰나 보다

요즘 아이들 눈은 수정보다 맑고
좋아하고 싫어하기가 칼날만큼 분명한데다 제 몫에 대
해서도 정직하고 솔직하다

다섯 여섯 살 두 아이가 저희 머리와 경험으로
경제학 원론과 협상론을 미리 뗐다

3절의 노래

1

벌써 무뚝뚝해지려는 여덟 살 손자, 할애비가 무방비로
서 있으면 엉덩이를 두어 차례 두드리고는 도망간다
　꼬리에 달고 내달리다 슬며시 잡혀준다

가족을 위해 부른 노래,
1절은 무사히 끝낼 수 있을까
석양도 뉘엿뉘엿 지려 하면 한 무법자가
학교도 마치고 몇 군데 학원도 마치고
못내 기다리던 할아버지 품으로 달려오는 것이다

"그래 오늘은 어땠노?"
개괄적으로 물어보면 개괄적으로 대답한다
씨익 웃고 만다

2
며느리가 2학년 손자의 알림장을 찍어 카톡으로 보냈다
담임선생님이 다음 생각거리를 숙제로 내주었던 모양이
다

'1학년으로 돌아간다면 하고 싶은 일은?'

〉

손자는 삐뚤빼뚤 글씨체로

'할아버지와 할머니가 우리 집에 다시 오셨으면 좋겠어
요'

시골집으로 내려온 지 넉 달 무렵,
손자는 홀로
그리움의 둑을 무너뜨렸고
없는 빚도 갚았다

사돈은 달리기 선수

하객들로 붐비는 예식장에서
이 걸음이 오늘 내게 허락된 마지막 걸음인 양 신중하게
걸어가고 있습니다
도착 지점은 손님맞이 사돈 내외 한 걸음 앞
직선거리로 20m 남짓, 감당할만한지 가늠하고 있자니
마음이 공연히 대리석 바닥에 미끄러질 듯
들쑥날쑥 위태로워 옵니다
삼십 보가량 직선 끝이 흔들리고, 도달할 수는 있을까,
와락 의구심부터 드는데

바깥사돈이 봤습니다 거기 있으라고 손짓하며 달려오기
시작합니다
내 걸음을 더해 두 곱, 혼주 자리를 버리고 나는 듯 달려
옵니다

두 팔을 내밀어 두 팔뚝을 덥석 감싸면서
"아이고 사돈" 반갑게 불러놓고
"먼 길, 어려운 걸음 하셨다" 진중하게 사돈 예를 갖춥
니다

그 짧은 시간에 집안 대소사를 함께 나누며
파안에 웃음이 호탕한 사돈은
나만 보면 뛰기 시작하는 달리기 선수입니다

스친 인연

고 문인수 시인은 시집 사 모으는 재미로 시를 읽던 때
부터 막연하게나마 존경하는 시인 중에 한 분이셨다

기회를 봐서 찾아뵈어야겠다고 마음먹고 있었는데
돌아가신 지 한 해가 지나서야 인터넷에서 부고를 접하
게 되었으니 나태한 독자였음을 자인할 수밖에

허물없이 지내는 친구 중에 문 사장이라고 있다
며칠 전에는 소일하는 이야기를 나누다가 문 시인을 언
급했더니 대수롭지 않게

"돌아가신 내 당숙 아이가"

나는 질겁하고 오줌을 다 쌀 뻔했다

우리가 되었다
– 해양대 30기 졸업 45주년을 기념하여

50년 전 그 시절 입소문으로만 떠돌던 해양대학은 뱃놈
들의 대학이거나 기회의 대학이었다
고3 선생님은 제자의 미래를 위해 떠도는 부평초
마도로스 대학이라 비하했고 나는
꿈의 바다 기회의 신세계라 맞섰다

해녀와 갈매기의 외딴섬, 밤이면
태종대 해안초소 탐조등이 기숙사 벽을 샅샅이 훑어 지
나가고
선착순과 옥상 얼차려와 영도 일주 구보가 뒤를 쫓던
신입생 시절의 아치섬은 청춘의 실미도
기회의 대가로 의지를 요구했고 훈련은 혹독했다

혼자 설 곳이 없는 바다, 훈련에 익사 당하지 않으려면
너의 손을 잡고 '우리' 속에 들어가
구령에 맞춰 닻을 올리고 돛을 펴야 했다
제주에서 서울까지 이백 명 동기생들, 말투만 다른 게
아니었다

체격 좋고 인물 좋은 친구들과 변하지 않을 성실성과 인
내심 그리고 인간미와 끼와 흥이 넘치는 친구들이 많았고
우리는 서로에게 선생이자 학생,

함께 살면서 보고 배우는 것이 많았다

같은 옷, 같은 밥에 같은 걱정과 기쁨으로 심장박동마저
비슷했을 것이기에
우리 모두는 쉽게 두루뭉술 겸손해졌고
모나지 않은 성격과 기본기도 갖추게 되었을 것이다
그것 하나로 험한 세상에서
별 탈 없이 살아온 것일 게다

졸업한 지 45년, 기념 여행에 모이고 보니
그랬다
네 마음이 내 마음,
내 노래가 네 노래
해군가를 합창하는 목소리가 우렁찼다

홀로 새는 밤

스물 하늘에는 별자리가 깨어지고
바다로 내려가는 강가에 유독 깜빡이던 별 하나
오래 제자리에 떠 있었다

서른 부푼 강물은 흘러가고
마른 강바닥을 지나 쉰의 고개에 올랐다
내려서니 예순의 벼랑 끝

가파르게 내려선 해변에는
평생 물질로 늙은 해녀들
숨 쉴 바다를 지켜낸 종아리가
여전히 탄탄하다

종일 물가에서 뛰어놀던 아이들이
물병자리에 손을 뻗어 마른 목을 축이는 밤
이곳 주소가 없는 나는
홀로 야경을 돌며 별 하나를 찾는다

세 번의 선택과 한 채의 허공

김정수(시인)

세 번의 선택과
한 채의 허공

김정수(시인)

당연한 말이지만, 우리는 일상日常을 살아간다. 매일 반복
되는, 특별한 것 없는 평범한 하루하루는 기억되지만 기억되
지 않는 것처럼 너무 쉽게 잊힌다. '매일' 비슷한 일이 '반복'
된다는 건 지루하고 심심한 일이 아닐 수 없다. 무료無聊한
날의 반복은 인생의 항로를 바꿀 만한 것을 선택하지 않아도
되는, 선택의 갈림길에 서 있지 않아도 된다는 것을 의미한
다. 하지만 그런 삶은 존재하지 않는다. 우리는 태어나는 순
간부터 죽는 순간까지 크고 작은 선택의 굴레에서 벗어날 수
없다. 평생 선택의 순간을 맞닥뜨린다. 그 선택에 따라 자신
의 운명이 결정된다면, 어느 길을 결정할지 고민은 깊어질
수밖에 없다. 그래도 자의적인 결정은 선택권이 자신에게 있
기 때문에 그 결과에 대한 책임도 스스로 지면 된다. 하지만
선택의 자유가 제한되거나 지나치게 선택지가 넓어 혼란스
럽다면, 어렵게 선택한 결과는 '불만족'으로 추가 기울 것이
다. 복잡한 선택에 대한 후회와 가지 못한 길에 대한 미련으

로 선택의 결과를 부정하거나 불안정한 심리상태를 드러낼 수도 있다. 그로 인해 사람들과의 관계에 균열이 생기고, 일상에 틈입한 불안이 상주하게 된다. 일상의 이면에 상존하는 삶의 또 다른 모습이다.

이도화의 두 번째 시집『온·오프는 로봇 명령어가 아니다』는 인생의 중요한 갈림길에서 자유의지로 선택한 결과가 어떻게 물결을 일으키고, 그 물결이 일으킨 삶의 무늬가 얼마나 선명한지를 보여준다. 시인은 삶의 방향을 바꿀 중요한 선택 이후 평범했던 날들이 어찌 새롭고 특별한 날들로 옷을 갈아입는지, 그리하여 경험의 세계와 결합한 여생이 어떤 여정을 거쳐 운행하는지를 과장되지 않은 진솔한 언어로 들려준다. 시인은 어느날 무릎 아래가 이상한 걸 감지한 후, 파킨슨병이 찾아왔다는 사실을 인지한다. 첫 번째 선택은 치유를 위한 귀촌에 이은 명예퇴직이다. 퇴직 후 "아들네 서울 아파트"(이하「공간의 문제」)에 같이 살면서 "손주 등하교"를 돕다가 2년여 만에 두 번째 선택인 '재귀촌'을 실행한다. 세 번째 선택은 "낮의 노동에 밤의 시" 쓰기다. 주경야시晝耕夜詩는 몸과 마음에 새살이 돋고 근력을 붙게 하여 파킨슨병의 진전을 늦추는 결과로 이어진다.

단연하게도, 이번 시집은 세 번의 탁월한 선택이 만들어낸 곡진한 결과물이다. 선택의 중심에 시인이 존재하지만, 그런 결정을 할 수 있었던 동인動因은 오롯이 아내의 덕이다. 선택하는 순간마다 시인의 곁에 아내가 함께했다. 동행은 단지 조언과 배려의 차원에 머무는 것이 아닌, 같은 공간에서 '일상을 공유'하는 것이다. 혼자라면 쉽게 결정할 수 없었던 선택지와 삶의 위기와 불안을 함께함으로써 몸과 마음에 새살이 돋고 근력이 붙게 하는 결과를 끌어낸다. 일상에서의 고통과 불편의 감수는 삶의 이면에 연민의 시선을 보내는 한편, 한층 깊어진 철학적 사유와 불교적 세계에 귀의하도록 인도한다. 어둠을 파고드는 뿌리의 힘과 창공의 기쁨에 가 닿는 나뭇가지에서 보듯, 시적 대상에 투영된 자아를 통해 세상을 바라보는 새로운 안목과 성찰의 깊이를 함축적으로 보여준다. 1부 첫 시 「느티나무 진단서」는 이런 특징을 가장 잘 보여주는 작품이다. 윤동주의 「서시」를 떠올리게 하는 이 시는 인생의 전환점이 된 세 번의 선택 이후의 생애와 가치관, 시적 지향을 상징적으로 보여주는 수작秀作이다.

단풍 들자 시든 나뭇잎, 느티나무를 흔듭니다
털어내니 한 채 허공
나무초리 그물을 치고 바람을 켜잡습니다

별의 마음 깜깜하여 우레 치던 별자리에
비바람이 붑니다
새들의 날갯짓에 실바람이 입니다

날아드는 비수 같고 아득한 화두 같아
바람의 물음이라면
잦아질듯 맴도는 저 소리는
느티나무 울음이겠습니까

잠긴 목청이 생각을 가려 어두울 때
산기슭 여명에 홰치는 소리 깁니다

− 「느티나무 진단서」 전문

느티나무에 투영된 시인의 고독한 영혼은 어둠을 파고드는 뿌리의 힘을 원천으로 지상과 허공에 근거를 마련한다. 새싹으로 시작하여 점차 공간을 넓히는 느티나무는 시인의 심중心中에서 자라는 나무다. 어둠의 공간을 파고드는 뿌리의 힘이 강할수록 가지와 나뭇잎도 허공의 공간을 더 많이 차지한다. 느티나무는 시인과 함께 나이를 먹어가지만, 어느 순간 성장의 속도가 느려진다. 생체 시계가 느려지자, 시인의 관심은 자연스레 성장에서 계절로 옮겨간다. 시인이 인식하는 인생의 계절은 늦가을이다. 연두의 봄과 신록의 여름을 지나, 갈색의 가을에서 조락의 계절로 향한다. "단풍이 들자" 나뭇잎은 점차 시들어 떨어진다. "느티나무를 흔"들어 나뭇잎을 털어내는 주체는 바람이지만, 주어를 생략함으로써 삶을 흔들어 대는 주체가 따로 있음을 암시한다. 드러내면서 감추고, 감추면서 드러내려는 시적 효과라 할 수 있다. 나뭇잎이 다 떨어지자, 한 채 허공이 시인의 눈에 들어온다. 허공은 비존재非存在, 즉 '없는 것'이 아니라 존재存在하는 것, '있는 것'이다. 상像과 원근이 존재하지 않는, 충만하면서도 텅 빈 곳이다. 채우고 비우는 것은 사물의 일이고, 허공은 그저 그곳에 존재할 뿐이다. 따라서 "한 채(의) 허공"은 채웠다가 비웠을 때 비로소 모습을 드러내는 무형의 집이다. 존재에서 비존재로 바뀌면서, 보이지만 보이지 않는 투명한 집과 다름없다. "나무초리 그물을 치고 바람을 켜잡니다"라는 표현은 숫타니파타의 "그물에 걸리지 않는 바람처럼"이라는 구절을 연상시킨다. 허공에 존재했다가 사라진 '나뭇잎'과 그로 인해 생겨난 '허공의 집', 그리고 가느다란 나뭇가지들이 만들어낸 '그물'은 시인의 세계 밖에 존재하는 풍경이면서 시인이 그려낸 세계다. 즉 시인은 떨어진 '나뭇잎'과 '허공의 집' 그리고 '그물'을 통해 관계와 소유 등에 매달리지 말고 그에서 벗어나 자유로워지고 싶다는 욕망을 은연중 드러낸다. 하지만 세상은 시인을 '고요의 자리'에 머물러 있게 그냥 두지 않는다. "우레 치던 별자리"에 부는 비바람이나 미약한 "새들의 날갯짓"에도 비수에 찔린 듯 아픔을 느낀다. 밤낮을 가리지 않고 흔들어 댄다. 앞이 잘 보이지 않는 상황에서 시인은 "바람의 물음"으로 '가만히 있는 나를 왜 흔들어 대는가?', '흔들린다는 것은 무엇인가?' 질문한다. 화두話頭를 던진다. 매년 나뭇잎은 봄에 나고 가을에 진다. 이처럼 생멸生滅은 자신의 의지와 상관없이 끝없이 반복되고, 한순간도 동일한 형태에 머물지 않는다. 무상無常이다. 이에 집착하거나 저항하면 괴로움, 즉 고苦에 갇히고 만다. 비바람이나 새들의 날갯짓에 의한 실바람은 외부에서 오는, "잦아질 듯 맴도는" 느티나무의 울음은 내부에서 오는 괴로움이다. 시의 화두는 "잠긴 목청이 생각을 가려 어두울 때"도 끝없이 의심하고, 간절히 대답을 구하는 것이다. 그래야 "산기슭 여명에 홰치는 소리"를 들을 수 있기 때문이다.

　　나는 나뭇잎이고 바람이었으나
　　바람이 나를 흔들고 지나가기 전까지는
　　매달린 나뭇잎인 줄 몰랐습니다 나뭇잎이
　　흔들리기 전까지는 내가 불고 가는 바람인 줄도 몰랐
　습니다

　　매달렸거든 흔들리지 말거나

흔들고 지나가거든 오직 한길로만 불거나,
차라리 눈 가리고 귀를 가려
바위 뼈대 속에 머물기를 바란 적도 있었습니다

살아있는 것들은 모두 흔들리는 것들,
제 몸을 흔들어 제자리 찾아가는 것이니
살아있게 하는 것들도 모두
흔들어 놓고 지나가는 것이니

별빛처럼 빛나고 바위처럼 단단하게 지킨 것은 없으나
어찌 바람이 되어 변덕스럽게 불었다
탓할까요
겨우 한 잎 나뭇잎이 요란스러웠다고
자책할까요

— 「바람과 나뭇잎」 전문

　시 「느티나무 진단서」에서 "느티나무를 흔"드는 주체가 생
략됐다면, 위의 인용시에서는 나뭇잎인 나를 "흔들고 지나
가"는 것이 '바람'임을 명확히 하고 있다. 나는 나뭇잎이면서
"불고 가는 바람"이다. 이런 인식의 바탕에는 "흔들고"와 "흔
들리"는 상호 작용이 존재한다. 흔들리기 전의 고요한 세계
에서는 나뭇잎과 바람의 존재 자체가 구분되지 않는다. 미분
화 상태에서 각자 존재하지만, 서로 존재를 의식하지 않는
다. 바람이 불어 나뭇잎이 흔들리는 순간 나뭇잎과 바람은
존재하지만 '없는' 상태에서 '있는', 즉 그곳에 함께 존재하는
것으로 전환된다. "흔들고" "흔들리"는 순간 서로의 존재를

의식하고, 한순간에 동화된다. 실제 흔드는 것은 바람이고 흔들리는 것은 나뭇잎이지만, 이 둘은 같은 공간에서 합일을 이룬다. 그러자 흔드는 주체도 '나'이고, 흔들리는 주체도 '나'가 된다. 내가 나뭇잎인지 바람인지 알 수 없는 무아無我의 지경에서 '내가 무엇인가'는 아무 의미가 없다. 고정불변하는 실체로서의 나實我는 존재할 수 없기 때문이다. "살아있는 것들은 모두 흔들"리는, 즉 고정된 것 없이 끊임없이 변화한다. 한데 인간이기에 현재의 '나'에 집착하고, 유혹에 흔들리면서 "자리를 찾아"간다.

> 석룡산 비구니스님은 달마대사 모습이 여실하다며
> 합장하고 지나간다
> 동쪽을 바라보는 이, 침묵의 달인이여
> 옹이와 뼈대와 부라린 두 눈으로 당신 모습 보이소서
>
> 걸음을 멈추고 바라보는 이여,
> 버드나무에 한 마디 안부라도 물어 주오
> 물소리 바람 소리 혹여 까투리 바스락대는 소리가 들
> 리거든 버드나무 인사인 양 들어 주오
>
> 개울가 축대 위에 버드나무 다라니
> 새들이 모여 읽고 있다
> 돌아가던 콜택시 기사님과 지나가던 낮달이 함께 서서
> 읽고 있다
>
> ─「버드나무 다라니」 부분

닭이 비운 닭장에 웬 생쥐 한 마리가
다람쥐 자세로 뭔가를 오물쪼물 먹으며 앉아 있다
잠시 망설이는 사이 저도 잠시 망설이다
발목을 툭 치고 굴러가는데
하얀 이빨에 촉촉한 눈, 신기하게도 귀엽다
그 입도 입으로 친다면 군식구일망정 한 식구,
나는 도리 없는 공양주

– 「공양주」 부분

무엇보다 자유의 품위를 얻었으니
공양 때 누런 장삼을 걸치고
아침 탁발에 나서는 땅콩이는 흡사 남방의
소승불교 스님

– 「탁발승 땅콩이」 부분

시 「바람과 나뭇잎」에서 "매달린 나뭇잎"은 법당 처마의 풍경風磬으로 받아들여도 무방할 듯하다. 다만 나뭇잎은 흔들림 자체에, 풍경은 흔들리면서 내는 소리가 타자에게 영향을 준다는 점에서 미묘한 차이를 드러낸다. 고요한 풍경의 세계에 찾아온 바람과 풍경 소리는 '시적인 것'이기도 하다. 바람이 풍경에 머무는 순간과 소리를 포착한 이번 시집의 기저에 불교적 세계관이 자리 잡고 있음을 어렵지 않게 알아차릴 수 있다. 시 「버드나무 다라니」는 죽은 버드나무에서 '다라니경'을, 시 「공양주」는 먹을 걸 찾아 빈 닭장에 오는 생쥐를 맞이하는 자신의 모습에서 '공양주'를, 시 「탁발승 땅콩이」는 끼니 때마다 찾아오는 길고양이에서 '탁발승'의 이미지를 포착

한다.

먼저 「버드나무 다라니」는 버드나무의 행적과 행색의 변화 그리고 그에 대한 주변의 반응을 불교적 시각에서 살펴보고 있다. "이웃 화포천 물가에서 옮겨 심"은 "아름드리 버드나무"는 봄이 와도 싹을 틔우지 못한다. 삶에서 죽음으로 자리를 틀어 앉자, 버드나무는 "동네 흉물"로 전락한다. 예부터 거목은 도깨비의 거처라 했고, 죽은 가지는 베지도 않고 땔감으로 쓰지도 않았다. 한데 죽은 행색조차 도깨비를 닮아서 "동티날까 나서는" 사람이 없다. 공연히 건드려 해害를 입지 않으려 한다. 이 시에서도 시적 주체는 과감하게 생략되어 있다. 동티 걱정에서 벗어나 죽은 버드나무의 껍질을 벗겨내는 것이, "몇 날 며칠 전골에 손도끼"질을 하여 "공력 높은 수도자"가 "들어가 좌선 입적해도 좋은 목관"을 만드는 사람이 누구인지 분명하지 않다. 시적 주체는 관찰자로 머물고, 보다 못한 동네 누군가가 나선 것으로 해석할 수 있다. 죽은 이후, 아름드리 버드나무는 자연 그대로의 모습인 '도깨비'에서 손도끼에 의해 가공된 '목관'으로 변신했다가, 다시 "석룡산 비구니스님"에 의해 '달마대사'로 신분을 달리한다. "동쪽을 바라보는 이"는 당연히 한 승려가 조주 선사에게 "조사가 서쪽에서 온 뜻祖師西來意이 무엇인가?" 물었을 때 답한 "뜰 앞의 잣나무庭前柏樹子"라는 화두를 염두에 두고 쓴 표현으로 보인다. 그리하여 시인은 화두에 답할 수 없는, 침묵할 수밖에 없는 중생의 삶과 자연의 소리를 대비하는 동시에 지혜나 삼매三昧 또는 산스크리트어 음音을 번역 없이 외는 진언眞言인 다라니陀羅尼를 통해 깨달음의 세계에 발을 들여놓는다.

시 「공양주」는 절에서 밥 짓는 일을 하는 "공양간 보살"과 "닭이 비운 닭장"에 찾아온 생쥐에게 먹이를 주는 자신의 모습을 대비한다. 시인은 닭장에서 "다람쥐 자세로 뭔가를 오물쪼물 먹"고 있는 생쥐의 모습에서 무려 "50년 전 팔공산 말사 도덕사"에서 두 달간 지낼 때의 자신을 소환한다. 공양을 신세 지던 처지에서 지금은 보시하는 입장으로 바뀌었다. "놀러 온 친구들도 한 끼"도 차별하지 않은 것처럼 "군식구일망정 한 식구"로 인정한다. "시골살이 공양은 살아 있는 입을 한 식구로 모시는 일"로, 공양간 보살처럼 후덕해야 한다는 것을 에둘러 표현한다. 차별과 차등이 없는 무차무등無差無等의 불교 세계관을 실천하는 삶을 몸소 시현한다.

2023년 《사이펀》 신인상을 받은 작품 중 한 편인 「탁발승 땅콩이」는 "떠돌 뻔했다"가 정착해 같이 사는 고양이 '땅콩이'의 자유로운 삶을 조명하고 있다. 땅콩이는 '길'과 '집'을 자유롭게 넘나든다. 그런 점에서 집주인과 땅콩이는 소유나 구속의 관계가 아니다. 타원으로 지구 주위를 도는 달처럼 땅콩이는 새 주인과 일정 거리를 유지한다. 지구/집주인과 가장 가까워지는 근지점perigee과 가장 멀어지는 원지점apogee을 유지한 채 "경계하고 조절"한다. "다가서면 그만큼 물러"나 "안고 안기는" 친근함과 사랑에는 아쉬움이 남지만, 어쩔 수 없는 일이다. 여기에 연민이나 측은함이 개입하지도 않는다. 사정이 있겠지만, 새 주인에 대한 땅콩이의 경계와 거리 두기는 옛 주인에게 버림받은 기억 때문이다. 버림받은 충격과 상처 때문에 다시 버림받을까 봐 쉽게 사람을 믿지 못하는 것이다. 곁을 두지 않는, "품을 만들지 못"한 아쉬움은 '자유'로 옮겨간다. 안락한 품 대신에 "자유의 품위"를 얻는다. 그 품위는 누군가 만들어준 것이 아닌 자율 의지에 의한 선택의 결과물이다. "공양 때가 되면 누런 장삼을 걸치고 슬금슬금" 다가오는 땅콩이의 모습은 아침 탁발에 나서는 "남방의 소승불교 스님"과 겹친다. 탁발은 소유하지 않는, 끼니조차 타인의 자비에 의존하는 수행 방식이다. 수행자와 중생의 거리만큼 새 주인과 땅콩이 사이에도 거리가 상존한다. '관찰의 거리'에서 생겨나는 또 다른 관계는 자비를 베푸는 것이면서 품에 안는 것 이상의 의미로 다가온다. 이 모든 것은 의도치 않은 자유의 선택과 소유하거나 구속하지 않은 결과에 의한 것이다.

불꽃 일 듯 마음이 조급해질 때가 있다
사람들이 지켜보는 엘리베이터 앞
문은 닫히려 하는데
두 다리는 '하지불안증'에 묶여있고
몸은 기울어져 위태로운 사탑,

— 「동결」 부분

나의 걸음은 레보도파 농도에 따라 0 또는 1,
제자리걸음을 하거나 활보하는 것이다
둘 사이에는 깊게 그은 절단면이 있고 그 자리는 면도
날이 지나간 것처럼 매끈하다 하여
온·오프라 부를 만한데

— 「온·오프는 로봇 명령어가 아니다」 부분

시 「탁발승 땅콩이」에서 고양이 '땅콩이의 자유'는 온전한 자율 의지에 의한 선택이 아니라 전 주인의 사정으로 방치되었다가 얻은 것이다. 마찬가지로, 시인의 첫 번째 선택은 갑자기 찾아온 파킨슨병에 의한 어쩔 수 없는 명예퇴직이다. "14층 연구실에서 지하 1층 강의실"(이하「커밍아웃」)에 가려 엘리베이터를 탄 시인은 "긴장감에 손이 떨"리고, 떨림은 점점 커져 "두 다리는 '하지불안증'에 묶"여 몸이 피사의 탑처럼 기운다. 보다 못한 한 학생이 부축해 주려고 팔을 내밀자 업어 달라고 부탁을 할 만큼 힘겹게 버티다가 정년을 3년 앞두고 명예퇴직의 길을 선택한다. 파킨슨병에서 '보행 동결'은 갑자기 몸이 제자리에서 움직일 수 없는 상태를 말하고, 약을 먹은 뒤 약 효과가 발생하는 시점에서 끝나는 시점까지의 시간을 '온on', 약 효과가 사라지고 없는 기간의 시간을 '오프off'라 한다. 증상이 나타나면 "왕복 6차선 건널목"을 앞에 두고 건너가지 못한 채 멈춰 서 있어야 한다. 시인은 그런 상황을 악어가 숨어있는 "세렝게티 강"의 급류를 건너는 누의 운명에 비유한다. 악어가 목숨을 노리는 줄 알면서도 "급류를 건너"야 하는 누처럼 신호등이 바뀌면 건널목을 건너야 하는 숨 막히는 그런 순간.

시집 3부는 온전히 '파킨슨병'으로 구성되어 있는데, 이는 파킨슨병이 시인의 삶과 시에 지대한 영향을 미치고 있음을 방증한다. 파킨슨병으로 인한 생활의 어려움과 불편함을 토로한「짐을 들고」·「무심코」, 같은 처지에 있는 사람에 대한 연민(「그림자」), 6인 병실에서의 에피소드(「고요한 밤」), 대장 내시경 진료에서의 반성(「수양이 필요한 이유」)뿐 아니라 산 채 죽은 화석이 되지 않겠다는 굳은 의지를 드러낸「걸어가자, 바위야」, 해변 바위에 붙어살다 밀물에 자유로워진 따개비를 통해 불편해도 행복한 삶을 조명한 「따개비 되어 사는 법」 등 역경에 굴복하지 않는 삶을 형상화한 빼어난 작품들을 선보이고 있다. "살아가는데 늘 행복이 필요한 것 같지도 않"(이하 「행복랜드」)다는 깨달음은 고통을 "뼛속 깊이" 새기고 경험한 사람만이 표현할 수 있다.

> 시골살이를 접고 서울에 올라온 남편은 때때로 투명 인
> 간, 철 지난 양복처럼 장롱 옷걸이에 말없이 걸려 있다
> 낮의 노동에 밤의 시, 애써 찾은 리듬을 깨버리고 시의
> 늪에 빠졌는지 온종일 헤어날 줄 모른다
>
> 땀을 잃어버린 시 쓰기는 대책없는 정신노동, 남편의
> 빈 공간에는 잡초가 무성하다
>
> – 「공간의 문제」 부분

> 오늘 나는 비워둔 시골집으로 돌아간다
> 하자 한 점 없이 만기로 제대한다,
> "명 받았습니다"
>
> – 「만기 제대」 부분

가스통 바슐라르는 『공간의 시학』(동문선, 2003)에서 "집은 인간의 사상과 추억과 꿈을 한 데 통합하는 가장 큰 힘의 하나"라고 했다. 또 자연에 속해 있지 않은 대도시의 집들은 거소와 공간의 관계에서 "인위적인 것"으로 "내밀한 삶"은 도망가 버린다고 했다. 명예퇴직 후 2년 2개월 동안 "비좁은 서울 아파트"에서 "손주 등하교 도우미"로 사는 것은 자연의

삶이 아닌 인위의 삶이다. 서울살이는 자의가 아닌 자식들의 호출 때문이다. 손주들을 돌봐줘야 하는 아내를 따라 "동반 입대"한 것으로, 자유조차 없는 구속과 규율의 군 생활과 다름없다. 아파트 생활의 '불편함'과 '갑갑한'은 공간의 아쉬움과 '사이'의 절실함으로 이어진다.

나무가 튼실하게 자라려면 잎과 가지 사이에 "만남의 광장 같은" 공간이 필요하다. 그래야 그 사이로 햇빛과 바람이 자유롭게 드나들 수 있다. "양복처럼 장롱 옷걸이에 말없이 걸려있"는 인위의 삶에 자연을 들이려는 계획은 "혼자서 밥해 먹고 살 수 있겠"냐는 아내의 물음에 무산되고 만다. 도시와 시골의 가장 큰 차이는 '사이'에 있다. 사람과 관계 사이, 인위와 자연 사이, 군중과 고독 사이…… 사이는 혼자가 아니라 같은 공간에 누군가 같이 존재한다는 것이다. 사이를 염원하면서도 사이에 매일 수밖에 없는 것은 아픈 몸으로 혼자 생활하기 쉽지 않기 때문이다.

시인은 "비워둔 시골집으로 돌아"가는 것을 '만기 제대'라 하고 있다. 이는 분가한 아들과 딸이 "어려워도 잘 살아가는 모습"이나 "손주들 예쁜 순간"과는 다른 도시의 답답함과 나만의 공간에 대한 희원, 자연 속에서 시를 쓰고 싶은 욕망 때문일 것이다. 그 소원은 아내의 동의와 동반으로 이루어진다.

> 늦깎이 촌부에게 하루는 금방이다
> 아침 일찍 마당을 한 바퀴 돌아 나오면 할 일이 고구마
> 넝쿨처럼 따라나서고
> 재미로 시작해서 노역으로 끝나는 일에
> 하루치 일도 빨간 날도 없지만 호흡은 좀 더 길다

＞
부지런한 농부는 절기대로 살 것이다
늦깎이 촌부로서야
먹고 입고 자는 것은 여전히 몸에 익은 계절이나

근질거리는 두 손이 새삼스레 곡괭이와 쇠스랑을 찾으
니 봄이다

세상에 청초하고 예쁜 것들은 아닌 바람에 모두 넘어
가고
풍성한 작약과 수국밭에 옥잠화가 발길을 주니 여름,

창문만 내다봐도 물드는 산색
감사하는 가을이고

채비를 한다고 해도 얼어 터지는 것이 있고
손 쓸 일이 생기니 겨울이다

늦은 나이에 꺾꽂이하듯 시골 땅에 나를 심어두었으니
귀촌의 하루하루에 무슨 큰 뜻이 있으랴
동트자 잠이 깨고 저녁상 물리면 잠이 절로 오니
시골살이 반은 이미 뿌리 내린 걸

－「촌부의 하루」 전문

시인의 귀촌은 '사이'와 '시', 마음의 평안을 얻은 탁월한 선
택이다. 낮에는 노동을 하고, 밤에는 시를 쓰는, 생활의 변

화는 공간의 문제 해결뿐 아니라 몸과 마음의 피난처 역할을 한다. 바슐라르는 피난처가 된 "공간의 가치는 너무나 단순하고 무의식 속에 너무나 깊이 뿌리 박고 있는 것"('위의 책')이라서 "미미한 뉘앙스의 환기만으로 색깔이 감지되고, 시인의 말마디가 바로 정곡正鵠을 두드리기에 우리들의 존재의 심층을 흔든다"고 했다. 또 "그 집은 내면의 문학, 즉 시에 속하는 것"이라 했다. '시골집'에서의 생활은 그대로 한 편 한 편의 시로 태어나고, 그 공간은 그대로 '시의 집'이 된다. 닭과 고양이를 기르면서 겪은 여러 에피소드와 동네 사람들과의 관계성, 자연에 녹아든 성찰적인 삶은 그 자체로 독특한 시의 색깔을 보여준다.

특히 2부 '시골살이'는 자연과 조응하며 살아가는 순도 높은 삶을 형상화한 시편들이 감정의 심층을 울린다. 그중 한 편인 「촌부의 하루」는 유유자적 자연의 순리대로 살지만 바쁜 "늦깎이 촌부"의 삶을 담담히 그려내고 있다. 시인은 과거를 환기하거나 미래를 언급하는 대신 현재의 삶에 집중한다. "하루는 금방"이지만, 좀 더 긴 '호흡'과 절기에 따라 색을 바꿔 입는 주변 풍경과 그 계절에 맞는 노동에 감사하고 순응하는 생활이다. '금방'이라는 말에선 인생무상이나 아쉬움도 감지된다. 하지만 시인은 "하루하루"에 큰 뜻이 없음과 "몸에 익은 계절"에 따라 "먹고 입고 자는" 기본에 충실한 생활을 고수할 뜻을 내비친다. 동이 트면 깨고, 어두워지면 잘 자는 것만으로도 "시골살이 반은 이미 뿌리" 내린 것이라 하여 안분지족의 삶을 그대로 받아들인다.

스물 하늘에는 별자리가 깨어지고

바다로 내려가는 강가에 유독 깜빡이던 별 하나
오래 제자리에 떠 있었다

서른 부푼 강물은 흘러가고
마른 강바닥을 지나 쉰의 고개에 올랐다
내려서니 예순의 벼랑 끝

가파르게 내려선 해변에는
평생 물질로 늙은 해녀들
숨 쉴 바다를 지켜낸 종아리가
여전히 탄탄하다

종일 물가에서 뛰놀던 아이들이
물병자리에 손을 뻗어 마른 목을 축이는 밤
이곳 주소가 없는 나는
홀로 야경을 돌며 별 하나를 찾는다

-「홀로 새는 밤」 전문

1부 첫 시「느티나무 전단서」가 '서시序詩'라면, 시집 맨 마지막에 수록된「홀로 새는 밤」은 '종시終詩'의 느낌을 지울 수 없다. 서시가 시집의 머리말을 대신한다면, 시집을 마무리한다는 의미에서 종시라 해도 될 듯하다. 이 시의 마지막 연 "이곳 주소가 없는 나는/ 홀로 야경을 돌며 별 하나를 찾는다"는 문장은 박정만 시인의「종시」"나는 사라진다/ 저 광활한 우주 속으로."를 떠올리게 한다.「종시」가 유고 시집임을 감안 하면, 몸이 아픈 시인이 마지막이라는 심정으로 쓴 가슴 절절한 노래로 해석할 수 있다. 물론 박정만 시인의 「종시」는 『그대에게 가는 길』(실천문학사, 1988)의 맨 앞에 수록되어 그 차이를 보인다. 하여튼 종시 느낌의 이 시의 첫 행 "스물하늘"에서 깨진 별자리는 인생의 항로를 결정짓는 스무 살(아마도 한국해양대학 입학)에 꿈을 접어야 했던 일과 관련이 있을 것이다. 그 별 하나가 "바다로 내려가는 강가에 유독 깜빡"이기 때문이다. 별의 이미지는 인생의 방향성을, 강물의 이미지는 세월의 흐름을 상징한다. 서른의 강물은 수량이 풍부해 꿈이 부풀고, 마흔의 강물은 메말라 강바닥을 드러낸다. 마흔에서 쉰에 이르는 시기에는 물의 이미지가 사라지고, 산의 이미지가 새로 등장해 또 다른 길을 선택했음을 암시한다. 이후의 삶은 물처럼 흘러가다가 산을 오르는, 정상을 향한 여정이 펼쳐진다. 하지만 "쉰의 고개에 올랐다/ 내려서니 예순의 벼랑 끝"이다. 벼랑에서 물가로 내려온 시인은 "종일 물가에서 뛰놀던 아이"의 마음, 즉 초심으로 돌아가 스물에 잃어버린 "별 하나를 찾"아 나선다. 그 별은 치유를 위해 정착한 시골집에서 찾은 내면의 문학, 즉 시가 아닐까. 그렇다면 이번 시집은 젊은 날에 가지 못한 '늦은 길'이면서 "예순의 벼랑 끝"에서 "오래 제자리에 떠 있"고 싶은 심정으로 쓴 실존적 고백록이라 할 수 있다. 뚜벅뚜벅 '홀로' 걸어가 "가파르게 내려선 해변"에서 건져 올릴 빛나는 시편들을 기대해 본다.